青春幻想曲

关小敏 著

海天出版社
·深圳·

图书在版编目（CIP）数据

青春幻想曲 / 关小敏著. — 深圳 : 海天出版社，
2020.4

（心灵之书系列）

ISBN 978-7-5507-2710-6

Ⅰ.①青… Ⅱ.①关… Ⅲ.①长篇小说—小说集—中国—当代 Ⅳ.①I247.5

中国版本图书馆CIP数据核字(2019)第157715号

青春幻想曲
QINGCHUN HUANXIANGQU

出 品 人　聂雄前
责任编辑　胡志田
责任技编　陈洁霞
责任校对　刘翠文
插　　图　王　鸽
装帧设计　龙瀚文化

出版发行　海天出版社
地　　址　深圳市彩田南路海天综合大厦（518033）
网　　址　www.htph.com.cn
订购电话　0755-83460239（邮购、团购）
排版制作　深圳市龙瀚文化传播有限公司　0755-33133493
印　　刷　深圳市希望印务有限公司
开　　本　889mm×1194mm　1/32
印　　张　6.5
字　　数　143千
版　　次　2020年4月第1版
印　　次　2020年4月第1次
定　　价　29.80元

目录 | CONTENTS

青春幻想曲

嗨，哈瑞

序章

暖暖的周末，暖暖的午后。

就喜欢这样，静静地坐在一处窗明几净的咖啡厅里，悠然地喝着果汁饮料，欣赏着外面的街景，即便窗外只有一树、一椅，或一人、一猫，也皆成风景。

难得的一天，难得的相聚。

谁心里都明白，从走出家门的那一刻，她们的心就放飞了。

为了能够来到这里，她们绞尽脑汁，想方设法地说服了父母，才换得了这难得的聚会。

虽然大家一起相约在这里，纵然大家喝着不同的果汁饮料，但是在这里，她们用不着像在学校那样紧张、争分夺秒地学习，就连聊天和嬉戏也变得是一种奢求。

在这样舒适惬意的环境里，她们觉得说话显得多余，各自喝着饮料，发着各自的呆，想着属于她们自己的事。

她们或坐，或趴，或躺，或窝，每个人都选择了一种最舒适或最放松的姿势，这一刻，需要的是没有人来打搅她们。

难得有如此放松的时刻，谁也不愿意早早结束聚会，匆匆忙忙地回家，因为那里有一堆的作业和上不完的补习班在等待着她们。她们需要呼吸，就像海豚一样，在海底待一阵，就得浮到海面呼吸新鲜的空气。

没有人向她们投来异样的目光，因为她们只是一群孩子，有着天真，有着梦想，还有着一丝小倔强。

对，只是一群孩子，一群爱做梦的孩子。

天空之城

马越望着窗外澄净的天空，拿起桌上的饮料杯，猛地吸了一口，冰爽的感觉填满了所有的味蕾。

窗外的天空，飘着几朵悠闲的云，这是一个惬意的午后，她闭上了眼睛，长长的睫毛不停地扑闪着，像在凝思。

"你在想什么？"

旁边的榆茜转过头，看着发呆的马越，阳光正好洒在她的脸上，姣好的面容像镀了一层粉粉的金光，显得既柔和，又庄重。这样的马越还真的挺独特，像初升的太阳，像埃及的神秘少女，榆茜微眯着眼睛细细地打量着。

马越转动了几下眼珠，然后嘴角露出了一丝笑意。

"你在想什么呢？"榆茜好奇地问。

她啜了一小口柠檬蜂蜜茶，含在嘴里并没咽下，细细品味着那抹淡淡的清香以及甜蜜，微微地睁开双眼，视线转向窗外，投向了天空。

"我在想……我在想，我们为什么不能搬到天上去住……"她说。

"天上？"榆茜顺着她的视线移向窗外的天空。

刚刚的几朵白云像在捉迷藏，消失了踪影。蔚蓝澄净的天空，像一片海，无风无浪，寂静而唯美。

"对，天上！"马越点点头，"如果我们现在就住在天上……你说会是什么样的景象呢！"

会是什么样的景象？

她的话刚说完，窗外的马路消失了，脚下是蚂蚁般大小的楼房以及像线条般起伏的山峦，这种俯视地面的景象只在飞机上见过。

白云又聚集了过来，就近在咫尺，如梦似幻，仿佛伸手可及。

太神奇了！

这是天空之城吗？

她情不自禁地站起身，然后推开咖啡厅的门，和煦的风迎面吹来，衣裙在阳光下轻轻摆动。

不过刚准备迈出的脚又缩了回来，因为脚下是一片虚空，她生怕一不小心又掉回了地面。

但是又忍不住好奇，想试探一番。

"这是我创造的世界，为什么还有这么多的顾虑呢？"她幡然醒悟般，果断地伸出脚，在空中行走起来。

一脚踏空的感觉真舒服，就像脱离了地球的引力，行走起来犹如腾云驾雾一般，身轻如燕，就像在月球上漫步一样。

她在空中连翻了几个漂亮的跟头，比她在苗苗舞蹈艺术班那里练下腰的基本功轻松多了，这几个跟头，翻得可远了，竟然从深圳的上空一下子翻到了太行山下。

没想到，瞬间就学到了孙悟空的本领，一个跟头就是十万八千里啊！简直比坐飞机还要快！

如果是这样的话，那她一天之内可以游历很多的国家。比如现在，她想去太行山看日出，然后再到澳大利亚的十二门徒石风景区，最后去埃及看看金字塔以及狮身人面像，对于这几个地方，她是向往已久了。

起初，父母准备在暑假带她出去旅游的。结果，时间都被作业和补习填满了，最后，他们只带她在周边的几处景点转了一下，游玩得不痛也不痒。

那些景点对她来说已经了若指掌，她闭着眼睛，都能清晰地勾勒出来，因为从小到大，不知道游历了多少遍。她终于领会了，什么叫日久生厌。

她渴望新奇的体验，作业就像压在孙悟空身上的五指山，除了沉重还是沉重。

不过，在天上的感觉就不一样了！

她没有感觉到空气稀薄，相反空气清新得沁人心肺，那些让人压抑的、密密麻麻的高楼大厦没有了，只有一幢幢的小别墅，躲在每一朵朵的白云背后，若隐若现，像神话故事里的天宫建筑。

住在天上的感觉真是太好了，不远处还有飘浮的篮球场、超市、公园、学校。

篮球场是免费的，但凡热爱篮球的大人和小孩，都可以进去玩。而且他们的打法不似地面上的篮球打法那么刺激，对比之下，轻柔多了，就像练太极一样。

最神奇的是，学校是飘浮在空中的，坐在窗前的学生们只要往窗外探探头，便会发现不一样的景观，有时候下面是波光粼粼的碧蓝大海，有时候下面是白雪皑皑的高山，有时候下面是初升的日出，有时候则是映满整个天空的美丽晚霞。

每一天，都欣赏着全世界不同的风景，这哪儿还用得着出国啊，更不用为那高昂的出国费恼心了。

每一天上学都值得期待，学习不再变成压力。

早上的课间操在内蒙古呼伦贝尔大草原上空进行，下午的课外活动就到了撒哈拉沙漠。

直到学业完成，各个国家的景点也基本游历完了。先不论别科的成绩，至少地理课的成绩就不会太差。

累了，便躺在白云堆里美美地睡个午觉，别小看这些白云，睡在里面冬暖夏凉，而且还能将你裹得像个蚕宝宝，没有人能窥见里面的你。

更重要的是，白云还有隔音的效果，即使外面再吵，也能让你睡得安稳踏实。

午睡后，可以迎着午后的阳光，在林荫小道上散散步，你不用担心天黑，这里的路灯都是用星星做的，五颜六色，每

一颗星星都会体贴地为你变换着各种颜色，有时候像烟火，有时候像烛光。

哪怕是白天，阳光也没那么刺眼，紫外线都被过滤了，对人的身体只有好处，没有坏处。

如果哪天挨骂了，心情特别不好，就可以钻进云堆里，好好发泄和痛哭一番。

你的所有负面情绪都会变成电闪和雷鸣，随着轰隆隆的雷声下一场暴风雨，这些乌云般的厚重的负面情绪一股脑儿地随着大雨倾泻，之后一切就又恢复平静。你，依然阳光如初。

用不着像以往在家里一样，受了委屈，还得溜回房间，锁上房门，捂住嘴，小声地抽噎，生怕自己的哭声会被父母听见，惊动了左右邻舍，小心翼翼地压抑着自己的情绪。

住在天上，一切都会变得好起来。

你想怎么蹦就怎么蹦，高兴的话，来个三连跳，地上一点声音都没有，所以也不用担心会被地面上的人听见。

不像以往，有时候高兴地在地板上蹦几下，父母马上一脸紧张地提醒她：楼下有人！别打扰到别人。

唉，想做的事情，一件也做不了。

现在好了，住在天上，所有的担心都化为了乌有，就这样漫步在天上，一切都美好极了。她甚至还溜进了一个果园里面，摘了一颗大如篮球、自然熟透的苹果吃了起来，未经污染和催熟的果实，果然格外的香甜。

旁边的白云提示牌上写着：摘吃免费，请怀着感恩的心去摘树上的果实，吃完后，将果核放进白云里。

这里没有小偷和心怀不轨的人，据说只要他们动了邪念，周围的空气便会迅速感应到，下一秒，他们就会感觉脚下一空，直接掉回地面。

今后想要再回到天空之城居住，须洗心革面，改掉所有的恶习，通过各种考验才能回到天上。

在这天空之城，一切感觉都是真实、幸福的。偶尔有白云从她身体穿过，那一刻就像置身于雾中般神奇，脸感觉特别湿润，像大人做了个美容SPA一样。

"这是我的天空之城！"她一脸的满足，眯着眼睛喃喃自语。

"什么？你在说什么！"有人问她。

她倏地睁开眼睛，看见榆茜正一脸茫然地看着她，窗外依然是平静的街景，三三两两的来往行人。

低下头，发现手里正捧着一杯喝了一小半的果汁。在榆茜的身后，则是躺着或者卧着的几个同学，她们正静静地一边喝着果汁，一边看着窗外。

暖暖的阳光透过玻璃照射了进来，在她头上勾勒出一个大大的光圈。

"你刚刚在说什么？"榆茜眯着眼睛，"天空之城？"

"没……没说什么！"她避开了榆茜的视线，抬头望向窗外的天空，若有所思。

蔚蓝的天空，洁净得没有一丝云朵。

她的嘴角微微露出一丝浅笑。大概，大概……这些白云全都去了天空之城！

"你呢，你在想什么？"她问榆茜。

荒凉世界

"我在想……"榆茜的嘴巴含着吸管，猛地吸了一口柠檬蜂蜜茶，然后看着对面那个微微倾身过来，正望着自己的马越。

"想什么呢？"马越的声音轻柔得像催眠曲一样，听着就想睡觉。

榆茜回过头看了马越一眼，嘴角泛起笑容，优雅地搁下手中的饮料杯，目光瞄向窗外，"我在想窗外的那条马路一直延伸到什么地方……"

"一直延伸到后海大道！"马越像抢答一样，把答案告诉了她。

她眨巴了几下眼睛，若有所思般，"那是你看见的！我看见的可不是这样的！"

"哦？"马越的眼睛眯成了一条细线。

"也许它一直延伸到了另一个空间，另一个世界，一个永远没有尽头的地方……"她说得有点匪夷所思。

另一个空间，另一个世界？

对，她就是这样想的。

"你的想法真奇特！"马越说。

榆茜甜甜地笑了，她的想法就是这样奇特。

走吧，来一趟说走就走的旅行吧！怀揣着那份遐想，勇往直前，抛开一切的拘束！

信心满满的她毫不犹豫地推开了咖啡厅的门，顺着那条街道一直朝前走去，会遇见什么，会发生什么，她完全不知道。

就像她现在一样，学习是为了什么？拼命地努力是为了什么？

她不知道，她需要去寻找答案。

一路上飞奔着，脚下的路一直延伸向远方，仿佛能看见尽头，仿佛又看不见。

"别去，前面的路很危险！"一个身穿牛仔服、长相帅气的少年出现在她的面前。

"你去过吗？"榆茜问他。

"没有！"少年果断地摇摇头，"但是很多去过的人都说那里很危险，所以，我断定，那里绝对不能去。"

榆茜没有理会他，她要亲自去探索，因为她需要找到答案。

"如果你没去过，那这一切只能是道听途说！"她告诉少年。

少年涨红着脸，没有再吭声。

她继续朝前走着，走着，街景两旁突然发生了变化，原本的高楼大厦突然不见了，过往的行人也消失了。

当她醒过神的时候，发现自己置身在一片荒漠之中。不知不觉，她竟然走出了城市，走到了一处荒芜之地，不远处的沙丘上长着几棵歪歪倒倒的小树，在夕阳的余晖里，显得无比的孤寂与荒凉。

"啊！"她大叫了一声，感觉自己的声音飘到了很远很远。

难道整个世界就只剩下她了吗？

她连续怪叫了好几声，包括狼嚎。一种莫名的兴奋和刺激让她停不下来，头一次她觉得可以这样不受束缚，为所欲为地做自己喜欢做的事。

接着，她又唱起了歌，完全是扯着嗓子喊的那种，尽管五音不全，但是谁管得着呢？

因为，这个世界是她的。

不像以往，自己人生的方格已经被父母填满了，甚至连理想都在他们的操控之中。她英语差，他们就给她请外教；她的作文差，他们就让她去参加作文培训班；她的数学成绩不好，他们还给她报了围棋班，说可以提升大脑的逻辑思维能力，对提升数学成绩有帮助。

他们说她美术不错，将来可以选择当个画家。

将来想当什么哪能由他们说了算！榆茜喜欢自己选择。

她甚至连吃的食物都没有选择权。她想吃炸薯条、炸鸡腿，可是他们说那些都是垃圾食品。就算是垃圾食品，她偶尔也想来一口。

哪个人的童年没有小馋虫呢？

现在好了，没有人束缚，没有人再对她下一步该如何走指手画脚，一切都是自己说了算，这种感觉真好。

她一边走，一边大声唱，做自己真好。

这种良好的感觉持续了很久很久，一直久到让她感到有点不习惯了，刚开始的兴奋已经变成了惴惴不安，孤独、寂寞、没有倾诉对象，原来也是一件坏事情。最让她感到紧张的是恐惧，莫名的恐惧。

如今，唯一和她做伴的，只有脚下这条柏油马路，原本死气沉沉的它，这会儿在她的眼中也具有生命了，这是陪伴的力量。

而且只有它，才能领着自己走向未知的远方。

在这片荒凉的世界里，它显得格外醒目，并且一直向前无限地延伸，像个未知数一样。

这到底是哪里？美国的亚利桑那荒漠公路？

榆茜屏住呼吸，难道这条街道真的延伸到了另一个空间，或者另一个世界？

也许再走一会儿，就能有新发现了，她又振作起来，不停地鼓舞着自己，沿着公路继续往前走。

不知道走了多久，腿脚酸痛，又累又渴。她想起了背包里有两瓶酸奶，是临出门前，老妈特意放进去的。可惜……榆茜没有带上它，因为它还躺在咖啡厅那张她坐过的沙发椅上。

太阳热辣辣地炙烤着马路，在高温下，她整个头皮滚烫，汗滴不停地顺着发丝滑落在脖子上，黏黏糊糊的，特别不舒服。

舔舔干裂的嘴唇，终于在不远处发现了一株高高耸立的仙人掌。

对了，水源！她读过《沙漠里的甘泉》这篇文章，讲的就是如何从仙人掌里取水。榆茜用一块尖利的石块将仙人掌上的皮去掉，然后在上面划了一个口子，里面的汁水缓缓地流了出来。

这汁水十分清甜，就像甘露一样。榆茜喝完后，顿时神清气爽，精神抖擞。一个从远方吹来的塑料袋吸附在仙人掌上面，迎着风哗哗作响。

榆茜把塑料袋取了下来，用它装满仙人掌里的水，然后把口扎紧，挂在腰间，继续前行。

就这样，榆茜披星戴月地一直在这条马路上行走。她又困又累又饿，却又不敢偏离马路，毕竟和其他地方相比，它还是充满希望的，她期盼着视线里能够出现一辆驶来的车。

就这样，一直走着，似乎怎么走，也无法走到尽头。

榆茜抬起头，看看天上的太阳，它永远都挂在那个位置，不偏不倚。

为什么她感觉像走了几天几夜似的呢？

走，接着走！

前面终于有了新发现，在马路的旁边，出现了白骨森森的动物骨骸。

难道这真是传说中的死亡公路吗？她感到彷徨和无助，头发和指甲变长了，阳光下直挺的身影也渐渐变得弯曲佝偻，她甚至开始自言自语。

"老爸，老妈，你们在哪儿？"

她突然明白了，父母就像是自己人生中的明灯，照亮自己，如果没有他们的陪伴，没有他们的指引，一意孤行地按照自己的想法走下去，最终就会变得毫无方向，毫无依靠。

她想起了他们，似乎明白了他们的苦心。

是的，她需要他们。

此刻在遥远的地平线，出现了一个小黑点，像围棋上正在挪动的小黑子一样。

那是一辆小轿车，开车的正是他们俩。

吱嘎一声，车停在榆茜的身旁，他们探出头，一脸暖暖的笑容："上车吧，宝贝！我们会载着你到达目的地！"

"太不可思议了！"榆茜吃惊地看着他们。不再像以往那样，对他们的安排感到排斥，而是喜出望外地打开车门，然后直接倒在后排座上，喘着粗气。

"我们会一直载着你，陪你看一路的风景，至于你想在哪儿下车，只需要做出决定就可以了。"他们俩笑着对她说。

"嗯！"她点点头。

刚刚的画面转瞬即逝，马路和荒漠都不见了，阳光悠闲地照在玻璃窗上，让人有一种慵懒的感觉。

她依然坐在咖啡厅里，端起桌上的那杯柠檬蜂蜜茶，喝了一大口，而她的同学们仍旧坐在咖啡厅里，有的轻轻地在抿茶，有的在打盹，有的依然在发呆。

耳边萦绕的还是那首轻旋律的歌曲，她眯着眼睛轻舒了一口气。

"你呢，你在想什么？"马越依然在等待她的答案。

"没想什么，就是……刚刚大脑穿越了！"她嘻嘻地笑着，"穿越到了一个荒凉之地，差点回不来了……"她嘟着嘴卖萌。

马越被她的样子逗笑了，接着榆茜侧过身子，碰了一下身边把书盖在脸上、正在闭目养神的张槿。

"喂，你呢？你在想什么？"

张槿半晌才回过神，然后取下脸上的书，怔怔地看着榆茜，愕然地问："我吗？"

"对，你在想什么呢？"榆茜点点头。

张槿不好意思地笑了，然后盯着自己杯中浅黄色的橙汁，"我在想……"

智慧号

我在想什么呢？

张槿看了看手中的书，这是一本侦探小说，有点血腥，与今天的氛围极其不相符。

这是她在咖啡厅的书架上找到的，平常在家里，是没有这类书籍的，因为爸爸和妈妈从来不会让她看这类书。他们总认为对学习没有帮助的书，只会影响学习。

她对图书没有选择权，只有接受的权利。

每天傍晚，父母都会把选好的书放在她的枕边，什么《作文小状元》《语文优等生》，等等。偶尔也会放《百科全书》《生命解码》等关于科学与哲学的书，除此之外，便再也没有别的书了。

"我能不能读读其他的书？"她曾经问过父母，"比如侦探类的、校园类的小说？"

"不能！"父母直接就回绝了她，"那些书对你的学习一点帮助也没有！而且还会影响你学习。"

是啊，她连自己选择图书的权利都没有，她还能怎么样呢？

现在，她在想什么呢？

坐在这舒适得让人想发呆的咖啡厅里，听着轻缓的音乐，看着书架上一排排的书籍，顺手一拈，书便唾手而得，在这样的空间里，自由得让人想入非非。

这本书内容虽然血腥，但是读来特别有趣，也挺刺激。

"我在想……"她嘴角露出一丝诡异的笑,"我在想,如果我们掉进了书里……会怎么样?"

掉进了书里会怎么样呢?

哗,哗! 书页里面的铅字像巨大的足球一般,从书里滚落了下来。

她吓坏了,感觉身体悬浮了起来,低头一看,哦,原来是一片无边无际的墨海。那些铅字还在不断地从书中滚落出来。

她生怕被铅字砸到,惊慌失措地奋力向前游,好不容易才爬到一块稍大的铅字上面,喘着粗气稍做歇息。

正在她休息的时候,另一本书也突然打开了,里面的铅字开始陆续地滚落到了海里,浪花溅起了几十米高,不过,这

本书好像是绘本，铅字都是彩色的，非常好看，一下子将海浪染成了彩虹的颜色。

太美了！她情不自禁地喊出了声。

有几条俏皮的小海豚从书里一跃而下，在空中划出一道道美丽的弧线后，纷纷跳进了海里，海水将它们染成了五颜六色的彩虹豚。

它们在海里欢快地畅游着、嬉戏着。

扑通，扑通！绘本书又陆续掉下了好多"人"，有国王、大臣、公主、王子、仆人，还有海盗船长杰克，连成龙叔叔也在哦，当然还有很多的反面人物。

"我需要一条船！"杰克船长霸气而潇洒地站在一块铅字块上，然后掏出了指南针，眼睛望着一望无际的墨海。

张槿仰望着他，她自从看了《加勒比海盗》，就开始崇拜这位放浪不羁、英勇、自由、随性、神秘的杰克船长了。

"你可以帮我吗？"杰克船长终于发现了张槿的存在，俯下身子，眨巴着眼睛看着她。

"我不是……一个工匠！"她有些尴尬地耸耸肩，"更何况这里没有木头，也没有任何工具……只有一块块的铅字！"

"你可以的！"杰克船长冲她眨了一下眼睛。

"我可以吗？"张槿疑惑地看着他，从杰克船长的眼神里，她看到了信任。

"这些铅字是浮的，我们可以把铅字码起来组成一条船！"她灵机一动。

可是铅字这么多，到底要选哪些铅字才能造船呢？

脑海里一下子涌现出许许多多的书名，不过最感兴趣的还是最近偷偷看的一本漫画书，里面全是一些搞笑的画面，甚至还包含一些暴力内容。

在家里，这些书属于禁书，父母从来都不会给她买，她只能偷偷地跑到同学家去看。

"我要用这本漫画书里面的内容码成一条船！"她心血来潮，一边说，一边动起手来。

许多"人"加入了造船的行列，连"龙叔"也过来帮忙了，张槿像个总指挥一样，指挥着他们将铅字码在什么地方。

没过多久，一条气势磅礴的大船就建成了，确切地说，那是一艘漫画版的船，全是图片和文字。

杰克船长从腰间掏出一面象征着海盗的"骷髅旗"，挂在船的桅杆上。

"从现在开始，你就是这船上的指挥官了！"杰克船长拿出一枚金光闪闪的勋章，挂在了张槿胸前的衣服上，一种强烈的荣誉感油然而生。

"前进……朝着光明和希望的地方……"随着杰克船长一声令下，船开始启航了。

在不远处的海面上，也出现了一条由铅字码成的船，那艘船看起来十分坚实，而且船上的人个个衣着光鲜，看上去身份显赫。

"去劫持那艘船吧！上面一定有很多的宝藏！"上了海盗船，那些"王子"和"达官贵人"都觉得特别新鲜刺激，觉得他们成了真正的海盗，于是就起了劫船的念头。

"我们的船大，干脆直接撞过去吧，将他们的船撞个底朝天。"那些人纷纷叫嚷着。

虽然杰克船长一脸诡异和嬉皮，但是正义的他拒绝了那些人的无理要求。

不过，令他们意想不到的事发生了，那艘船朝他们直直地冲撞了过来。

张槿想转舵调头，但一切为时已晚。

"天哪，他们才是真正的海盗！"那些"王子"和"达官贵人"傻眼了。

随着一声沉闷的巨响，他们的船四分五裂，完全散架了，张槿和其他水手包括杰克船长全都掉到水里。

而在那艘坚如磐石的船上面的人，站在甲板上纷纷击掌欢呼，"海盗被我们消灭了！海盗被我们消灭了！"

"他们把我们当成了真正的海盗！"杰克船长一脸的无奈，幸好他从来不会向困难屈服。

"我们的船为什么这般不堪一击？"人们不解地看着张槿。

"因为他们的船是用《东周列国志》的内容造出来的！而我们的船是用一本内容庸俗的漫画造出来的。"杰克船长耸耸肩，然后站在一块铅字上，"指挥官，你选择造船的材料太草率了。一本好书，字坚，内容硬实，造出来的船，当然坚固。一本烂书，字轻，内容浮夸，造出来的船不堪一击。就像你的脑子，看好的书，吸收的都是有益的知识；读那些毫无益处的书，你只能吸收到负面无用的东西。相较之下，哪个更好呢？"

张槿哑口无言，似乎明白了什么。

她张开双臂，奋力地游向海里，她想重新建造一艘船，一艘坚实的好船。

在杰克船长的帮助下，她重新用数本国内外的文学名著打造了一艘又高又大，非常气派的船。

"这才是一艘真正的船！"杰克船长欣赏着这艘新船，"不过，它不能插上海盗船的旗帜！因为它是属于你的船，由你来命名！"

"好，就叫智慧号吧！"张槿点点头，像个威风凛凛的女船长一样，站在船头，高举起右手。

一个海浪打了过来，又一个海浪打了过来，这艘"智慧号"依然向前航行着。

她拿着望远镜，向远方瞭望着。

啪，有人重重地拍了一下她的肩膀，她吓了一跳，没站稳，一下子掉进海里了，还呛了一口海水。

不过，这海水竟然有淡淡的柠檬味。

回过神，张槿发现自己正捧着饮料瓶，咕咕地喝着饮料，身旁的榆茜怔怔地看着她，"你发什么呆啊？我都问你几遍了，你都不吭声！"

张槿看了看身旁的同学们，一个个像小猫一样，蜷缩在沙发里，不由得舒心地笑了。

"我在想，如果掉进了一本好书里面，会是什么样子？现在我知道了，沾了一身好墨香，沁人心脾。有时候，父母帮助我们做出的选择是对的，至少他们走的路比我们多，当然，吃的盐也比我们多，我们需要他们的正确引导。"张槿若有所思地看着手中的那本侦探小说，然后将它放回了书架上。

"那你呢？你在想什么呢？"她望了望蜷缩在角落里的芷君。

芷君伸了一个小懒腰，噘着嘴委屈地说，"我还能想什么呢？有疼我爱我的爸爸妈妈，还有吃的、喝的、穿的，除了没有时间玩，其他的全都有。"

是啊，她还能想什么呢？

该有的，全都有了。

除了……玩！

隐形游乐场

的确，在上小学之前，几乎全是玩的时间。

游乐场，动物园，屋前屋后，全是玩的场所，大人的任务就是陪伴和呵护。

上小学之后，玩就变得奢侈或者多余了，在父母制订的成长计划表里，大把的时间放在了艺术培训和学习上。

一下子让她脱离了玩，还真的极不适应。就像小时候的一个玩伴，长大后乍一分开，还真有点不习惯，而且总是让人念念不忘。

尤其是放学后，她特别想和小伙伴们一起玩耍，父母规定，除了周四，其余时间都不许出去玩，放学后的时间几乎全部排得满满的。

周一是英文补习，周二是奥数，周三是钢琴，周四暂没有排课，不过有布置家庭作业，周五有美术课，周六是主持人课，周日是练字课。

那么，她最盼望的就是周四了，因为周四父母允许她做完布置的家庭作业之后，可以去楼下玩半个小时，这难得的半个小时成了她每周最期盼的时间，她可以尽情地和小伙伴们在一起玩滑轮、跳绳等。

另外，就是放寒暑假的时候，父母会带她出去旅行，最重要的，是他们会在她的旅行箱里放上几本关于学习方面的书。

"边玩边学习！"他们是这样告诉她的。

她去过很多国家，也领略了各国不同的风土人情。不过，在旅行途中，再美好的风景，也终归会被那几本关于学习方面的书籍坏了心情。

无论到哪儿，学习总是如影随形。

哦，她的美好童年！大概只停留在幼儿时期。

玩，成了她的奢望。

"我在想，如果有一座隐形的游乐场，就好了！"她憧憬着，"我们学习累了，就可以钻到游乐场里尽情地去玩，而不被爸爸妈妈们发觉。"

这座隐形的游乐场到底有多大呢？

非常大！大得可以覆盖整个地球，大得可以让全世界学习累的孩子都能钻进去玩。只要你学习累了，不管在学校，在家里，还是在培训机构，就能随意钻进这座隐形的游乐场。

通往隐形游乐场的方法有很多，可以从桌子下方钻入，也可以从窗帘背后钻入，也可以从树丛后面钻入，也可以从椅子下方钻入，当然也可以穿墙而入。

就像现在，芷君偷偷地从沙发上翻落到地上，中间通过了一条长长的隧道，突然眼前豁然开朗，一片绿色映入眼帘，暖暖的风拂面而来，空气中飘浮着大大小小的圆泡泡，在阳光下闪耀着五彩的光芒。这里就是隐形的游乐场。

不远处，传来了孩子们开心的欢呼声和尖叫声。

在这里孩子们可以任性地做回自己，做回孩子，无所顾忌地玩，无须担心会惊扰到旁人。

玩，就是玩。

芷君爬上一张弹跳床，使劲地蹦着，使劲地跳着，尽情地玩着。弹到高空的感觉,真好,一眼就能俯视整个游乐场的全景。

"How are you?"一个满头金发的男孩也爬上了弹跳床。

"I'm fine! "她微笑着点点头。

他们在弹跳床上玩了很久,然后又来到了冰雪世界,打起了雪仗。在这里,玩的孩子简直太多了,从肤色可以判断,他们来自不同的国家,全世界有学习压力的国家可不止中国。

冰雪世界里的雪不但洁白,而且还可以当冰淇淋吃。即使只穿着夏日的衣裙,也不必担心寒冷,这些雪只有一点点低温,不至于融化,也不至于让人感到冰冷。

如果玩得太累,还可以骑一会儿旋转木马。她最喜欢的就是坐在旋转木马上面,慢悠悠地享受着美好的时光。

隐形公园的机动游戏从来不用排队,不用等待,随时随地都可以坐上去玩。

芷君最爱玩过山车,这种高空翻跃和快速驰行的刺激体验,让她兴奋不已,坐了一趟又一趟。

她还体验了一下完美风暴,据说这个项目令很多大人都望而却步,但对于孩子们来说,这是他们最喜欢的项目,因为孩子天生喜欢挑战,喜欢新奇。

还有激流勇进。这个漂流游戏可好玩了,坐在橡皮筏里从高空突然滑下的感觉真棒。

"芷君,快来这边! "有人向她招手。

原来是佩璇,她站在摩天轮旁边,大声地嚷嚷着,"摩天轮马上要启动了,快过来,我们一起坐! "

　　这是一座世界上最大的摩天轮，坐在上面，旋转到最高处可以直达云层，上面的风景可想而知。

　　"我来了！"她开心地跑了过来。

　　她们俩一起坐上了摩天轮，当摩天轮缓缓地启动时，她们激动地不停尖叫着，这种感觉就像慢镜头之下的飞机起飞一样，缓慢地、平稳地、慢慢载着她们直入云霄。

　　哇，好美！佩璇伸出手，想要抓住窗外的白云，可是白云精明得很，来了一个灵活的大脱身，就从佩璇的手中滑落过去。

　　"要是能摘到星星就好了！"芷君暗自思忖。

　　窗外，顿时变成了黑夜，空中布满了闪闪发光的星星。星空下的摩天轮缓缓地运行着，芷君小心翼翼地将手伸出窗外，真的抓住了一颗闪亮的星星。星星晶莹剔透，像玻璃球一样，握在手中有点冰凉，还有点滑滑的，特别的凉爽。

当然，隐形游乐场并不属于芷君一个人，它会随着每一个孩子的所想，变幻成孩子心中所期盼的样子。

"我回去后，要把它做成项链的吊坠戴在胸前，"芷君爱不释手地握着星星，"一定很漂亮的。"

玩完摩天轮，佩旋又跑去玩海盗船。芷君和一群来自美国、英国、加拿大的孩子们去鬼屋探险。

这可真是吓破胆的一个项目，而且每次项目的场景会自动变换，不会重复，所以别指望多探险几次，熟悉了里面的环境，就不会害怕。

鬼屋里的灯光很微弱，随时都会从角落里蹦出一个面目狰狞的"鬼"，但是他们不会真的去吓你，当他感觉到孩子们真害怕的时候，就会取下面具，和孩子们握手。

这是一个恐怖而又不失爱心的鬼屋，所以博得了孩子们的喜爱。

从鬼屋出来，芷君又换上了漂亮的裙子，戴上了美丽的王冠，打扮成艾莎公主的模样，去参加游行晚会。

她看见了佩旋也换上了漂亮的公主裙，装扮成了白雪公主，模样也非常可爱。

还有，和她一起玩耍的美国金发男孩，他把自己打扮成了变形金刚里的大黄蜂，威风凛凛地行走在游行晚会的队伍中。

每个孩子都扮演了他们最想扮演的影视角色，他们的脸上洋溢着灿烂和满足的笑容。

就这样一直玩着，玩着！

忘了时间，忘了学习，甚至忘了回家。

也不知过了多少天，她开始想念爸爸妈妈了，于是赶紧从游乐场钻了出来。

可是，她看见她的同学们都已经大学毕业了，好多都参加了工作。

"爸爸妈妈呢？"她突然感到一阵莫名的恐惧。

整个世界变得陌生起来，太多的新元素融入了社会，可是她什么都不懂，差点连家都不知道怎么回了。

好不容易回到家，突然发现爸爸妈妈已经白发苍苍了。"天哪，这就是玩的代价吗？"她惊呼了一声。

丁零！突然芷君手腕上的电话手表响了，这是小闹钟的声音。

"唉，幸好又回来了！"她庆幸地挠了挠头发，然后耸耸肩膀，蜷缩在沙发上，周围的空气仿佛静止了一般。

同学们还是以各种姿势坐的坐，卧的卧。

她又伸了一个小懒腰，嘴中发出吧唧的声响，似乎还沉浸在刚才的想象里。

"怎么了？刚才穿越到哪儿了？"旁边的昕恫碰了碰她的肩膀，"看你一副入神的样子，不会穿越到未来了吧？"

"没有！"芷君不好意思地反推了她一把，然后若有所思般，"穿越到了游乐场……狠狠地玩了一把。"

"不会是梦游吧？"昕恫瞪着她。

"差不多！"芷君笑了。

如果真有隐形游乐场，那真的是孩子们的天堂，这样的游乐场，是不是令人很神往呢？

不过，玩应该也要有节制，不能放任。

二胎妹妹

昕恫看见芷君又陷入了发呆中，觉得她的样子有些呆萌可爱。

不知道何时，外面竟然来了两三个幼儿园的小报童，他们正殷勤地向过往的人推销自己的报纸，可惜，隔着一层玻璃，昕恫听不见他们在说什么。

芷君回过神的时候，发现昕恫的目光落在窗外的那几个孩子身上，模样有点呆滞，不由得问了一句："你在想什么？"

昕恫的视线依然停留在那几个孩子身上，"我在想我的二胎妹妹呢！"

"想她干什么啊？她不是你的死敌吗？"芷君有些诧异地看着她，"你不是说她霸占了你的地盘，破坏了你的军营，你成了一个战败者了吗？"

是啊，她为什么会想一个令人"可憎"的妹妹呢？

只是因为曾经她当小报童的时候，她的那个娇气的妹妹陪过她在街上卖了两个小时的报纸，连一句怨言也没有。

可是平常，这个二胎妹妹连一个小时都不愿意在外面待，总说太阳好晒，动不动就喊：姐姐，我不能晒黑。

到了关键时刻，却又默默地为她付出着。

这个"霸占"了她的父母，"霸占"了她的卧室，"霸占"了家里一大半零食的二胎妹妹，究竟是她的盟友，还是她的死敌呢？

是的，她在想她的二胎妹妹。

那个被她视为妖魔和天使的化身，那个只比她小五岁的小妮子。

为什么会这个时候想起这个二胎妹妹呢？

昕恫也不知道，可能太讨厌她了吧！自从她闯入这个家庭之后，所有的公平和规则都被她破坏了。

自己成了始作俑者，成了罪魁祸首，成了背黑锅的人……全部拜她这个二胎妹妹所赐。

每当妹妹和她吵架的时候，爸爸和妈妈不分青红皂白就劈头盖脸地把她指责一番。总说妹妹小，不懂事。她是姐姐，要懂得谦让妹妹……

唉，谁让她是老大呢？所有的错老大都得扛。

一想这些就来气，这个妹妹也太过分了，完全没有经过她的同意，就擅自闯入了她的世界，还把她的生活全给搅乱了。

不但吃她的零食，还翻她的书包，甚至连她有的东西，妹妹也要拥有。

如果这个二胎妹妹是个姐姐该有多好啊！这样除了疼爱她的父母之外，她又多一个疼爱和呵护她的人了。

她被自己的这个想法吓了一跳，渐渐地，脑海里的二胎妹妹的模样变成了一副大姐姐的样子，即使比她高不了多少，可是对她却百般宠溺，甚至比爸爸和妈妈还要宠她。

千真万确，她真的拥有了一个姐姐，而且这个姐姐不会发脾气，性格温和，对她千依百顺。不管去哪，姐姐都会牵着她的手，生怕她迷路。

"妹妹要吃什么，尽管告诉姐姐，姐姐会给你买！"姐姐会告诉她。

"姐姐，我要吃冰淇淋！"只要她一张口，姐姐便会毫不犹豫地拿出自己的零花钱，然后牵着她的手，带她去买冰淇淋。

"姐姐，我要吃棉花糖！"她看见任何好吃的，都会吵着跟这个姐姐要。

"好，给你买！"这个姐姐会满口答应。

只要是她喜欢的东西，即使是姐姐的最爱，都会让给她。

"姐姐，我喜欢你的漫画书！"她指着这个姐姐最心爱的漫画书。

"拿去！"这个姐姐把书塞到了她的手上。

"姐姐，我喜欢你的花环头饰。"她指着这个姐姐刚买的花环头饰。

"拿去！"这个姐姐也同样会毫不犹豫地递给她。

"姐姐，我喜欢你的衣服！"她指着这个姐姐身上穿的新校服。

"额……这是姐姐学校发的！"这个姐姐虽然会稍微面露难色，但肯定又会说一句，"不过，姐姐放学后，就脱下来给你穿，你想穿多久都行。"

她在家里看电视的时候，弄坏了遥控器，心想，要是爸爸妈妈知道了，肯定会把她大骂一顿，说不定还会让她闭门思过。

就在爸爸和妈妈下班回来，发现遥控器被弄坏了，正准备盘问姐妹俩的时候，她吓得躲藏到了这个姐姐的身后，而这个时候，心知肚明的姐姐竟挺身而出，"这遥控器是我弄坏的！"把所有的责任揽到了自己身上。

结果，爸爸妈妈把姐姐狠狠地责怪了一番，而她在姐姐的庇护下，"毫发未损"。

这个姐姐受责罚，心里应该十分难过，但是她却表现得不以为然，还拍拍她的小脑袋安慰道，"没事的，妹妹，姐姐生来就是保护你的。"

这些暖暖的话，如春风般拂过她的心房。

遇到复杂的数学题，她抓耳挠腮也想不出答案，这个姐姐看见了，会一声不响地走过来，手把手地教她怎么做。

她的成绩在这个姐姐的帮助下，飞快地进步。

每年暑假，一家人都会回一趟姥爷家。姥爷家有一棵杏树，一到盛夏，便是杏儿成熟的季节，黄灿灿的杏儿累累地挂在枝头，让人眼馋。

"姐姐，我想吃杏儿！"她手指着树上的杏儿。

那树可不是一般的高，这个姐姐知道她想吃杏，马上挽起袖子，卷起裤脚，像只猴似的三下两下爬上了树，给她摘下来了一堆黄杏儿。

虽然她也会分几颗给这个姐姐，"你喜欢吃就多吃点！"这个姐姐一定会把那几颗杏儿又塞回她的手里。吃着姐姐摘来的杏儿，她一脸满足的样子。

吃完杏儿，姐妹俩便你追我赶地嬉戏，突然从旁边蹿出几条土狗，一边狂吠，一边龇牙咧嘴地朝她们逼近。"妹妹，别怕，有姐姐在！"这个姐姐会把她拽在身后，用身体护着她。

她吓坏了，紧紧地拽着姐姐的衣服。

这个姐姐拾起地上的土块，朝狗扔去，几下就把狗给打跑了。

在她眼里，这个姐姐就是个巨人。

"姐姐，我走不动了！"她突然不走了，蹲在地上撒娇。

"累了吗？来，姐姐背你！"这个姐姐会体贴地半蹲着身子，让她趴上来。

她乖乖地走了过来，趴在姐姐的背上。

这个姐姐背着她，跟跟跄跄地朝姥爷家走去。趴在姐姐背上的感觉真好，纵然姐姐的肩膀很窄，背也不宽阔，可是她却感到无比的幸福和满足。

这个姐姐还会教她跳舞，教她画画，教她走飞行棋……在她的眼里，这个姐姐就是超人。

家里有好吃的，好喝的，她统统都占为己有，爸爸妈妈不但没有责怪她，相反还会觉得她的模样很可爱。姐姐也从来不和她争，在姐姐的眼里，妹妹是用来呵护的。

当然，她也不会这么自私，也会把这些食物和大家一起分享，她不过替大家代为保管而已。

晚上，她会挤到爸爸妈妈的床上，吵着要和他们一起睡，爸爸妈妈欣然同意了。

这个姐姐看见这一幕，也不会生气，还会大度地说："谁让你还小呢！要是像我一样长大了，就不会和爸爸妈妈一起睡了。"

这样的姐姐，谁不想要呢？

这样的姐姐，谁不喜欢呢？

"可是，如果真的有一个姐姐，那么……那么我岂不是变成了二胎妹妹？"心里一个激灵，昕恫从幻想中猛然惊醒。

这霸道而又无理的二胎妹妹，可能就真的成了自己。

连自己都期望有一个呵护自己、宠溺自己的姐姐，那自己的这个二胎妹妹呢？她心里一定也是这样想的。

想想自己天天在家里与她斗智斗勇，有吃的也从来不分享给她，还把自己好看的书和好玩的玩具全部都藏起来。看见妹妹被爸爸妈妈骂，自己还有点幸灾乐祸，甚至看见妹妹和爸爸妈妈睡在同一张床上，自己也不甘示弱地硬挤上去，哭着闹着说自己还没长大，即便她已经十一岁了。她完完全全把妹妹当成了一个敌人，却忘记了她是自己的妹妹。

那么，妹妹的心里一定也很难过吧？

妹妹经常想和她一起玩，眼巴巴地跟在她的身后，用她稚嫩的声音喊着：“姐姐，等等我！”而她像只小兔子一样，转身就把那这个小跟屁虫给甩到了身后。

妹妹每次吃饼干的时候，其他人向她要，她都不会分给他们，唯独看见自己的时候，她会掰成两半，另一半递给自己。

可是她却嫌饼干上有妹妹的口水，不但不接受，还嫌弃地摇摇头。

妹妹还会跑到她的房间，在她作业本上乱画，而自己每次都会狠狠地把妹妹吼一顿，然后粗暴地把她推出自己的房间，还出于报复，把妹妹最心爱的泰迪熊给扔出了窗外。妹妹不但不生气，相反还跑到楼下自个儿捡了回来，看着脏兮兮的泰迪熊，委屈的妹妹噘着小嘴巴，还安慰她：“没关系的，姐姐，我给泰迪熊洗个澡就行了。”

自从这个二胎妹妹来到她身边后，她就没有好好地呵护过妹妹。

想到这里，昕恫不免有些自责。

为什么会想起这个二胎妹妹呢？

一个小小的换位思考，就让她恍然大悟 。

她终于明白了，不知不觉中，这个小家伙其实已经走入了她的心里。

"还在想你的二胎妹妹?"斜靠在她身上的嘉睿见她神情黯然,不由得问她。

"是啊,我也很想知道,你到底是想她,还是恨她?"芷君半开玩笑地看着她。

"是的,我很想她!"昕恫点点头,"她喜欢吃香草味的冰淇淋,我等会儿回去的时候给她买一份带回去。对了,你的那本漫画书是在哪儿买的?她也喜欢看,我打算买一本送给她。"

芷君瞪大了眼睛,嘉睿也一脸诧异,半张的嘴巴好久都没有合拢,继而把目光投向了天花板。

读心术

这天花板并没有过多的装饰，没有各种颜色的射灯和布景，只是刷了一层白白的漆，简约而不失大方。

这世界，变化得太快了！

"那么，你在想什么呢？"昕恫伸出手，在嘉睿眼前晃了几下。

"我在想……人的眼睛除了用来看，还能干什么！"她看了看身旁的昕恫，若无其事地猛吸了一口奶茶，然后又将视线移向了窗外。

"你说得让我起鸡皮疙瘩！"昕恫忍不住打了一个冷战，"眼睛的作用不就是'看'吗？"

嘉睿被她的样子逗乐了，"是的，眼睛的作用就是用来'看'的，除了能够看见光明，还能洞察人心，一眼就能看穿别人在想什么。对了，说不定还有一些特异功能，比如说像窥视镜一样，看穿人的想法，还能……"她开始进入了无限的想象之中，缓缓地又将视线转向咖啡厅里的人。

有的人在细声碎语，有的人在发呆，有的人在品尝咖啡和甜点，有的人在忙碌地工作。

窗外出现了一个小小的身影，那是一个卖报童，她手里拿着一沓报纸，正在向路人推销，不过似乎并不成功。当她的视线透过透明的玻璃窗与嘉睿交会的一刹那，嘉睿浑身一震。读取了卖报童眼睛里的信息后，嘉睿知道了她的苦衷：这是同学们自发组织的卖报活动，她必须在下午3点活动结束之前卖完手里剩余的报纸，因为其他孩子早已经卖完了，她特别害怕被同学们嘲笑。

只剩三份报纸了，她焦急地看着来往的行人，任凭她磨破嘴皮，还是未果。

焦虑、惶恐、不安，让这个卖报童很是纠结。

而她的父母则在她的身后，不停地催促她向路人推销手中的报纸。

"你就不能大方一些吗？"

"你就不能嘴巴说得好听一点吗？"

她的父母站在一旁，一脸的焦急。

大人们似乎都无法解读孩子心里的想法，只会将自己的想法灌输给孩子，但是又不以身示范。说到底，如果让他们去卖报纸，兴许一份也卖不出去。

嘉睿在读小学一年级的时候，也参加过这样的活动，当时，妈妈陪伴着她，一直鼓励嘉睿走出第一步，大胆地去向陌生人打招呼。

她无助地看着妈妈，内敛而又腼腆的她无法开口。

其实在这个时候，她是多么希望有人能够带领她走出第一步。

妈妈不懂，她没有读懂嘉睿眼睛里的无助，错误地理解为嘉睿在为自己不想卖报纸找借口，于是同样地站在一旁催促她。

有一个和嘉睿年龄相仿的孩子，第一个卖完了报纸，他的父母和其他家长分享卖报经验的时候，说了一番话："孩子的第一步，不是自己跨出去的，而是家长以身作则，言传身教地迈出第一步，孩子就会紧随其后……"

原来卖出第一份报纸的，不是那个孩子，而是那个孩子的家长，因为他们知道孩子迈出第一步很关键，也很艰难，所以他们帮助孩子迈出了这关键的一步。孩子获取了信心，能量满满，效仿着家长卖报纸的模样，成功地将手中的报纸全卖完了。现在想想，这是多么睿智的家长啊。

如果妈妈也能像这个孩子的家长一样，能够从嘉睿的眼中解读出她真实的信息，那么她也不至于成为唯一一个没有卖完报纸的人。

那个卖报童还在阳光下挣扎，她不停地低头看手表上的时间，2点55分，离活动结束的时间还有5分钟。

那么，嘉睿解读了卖报童眼中的信息，该去帮助那个卖报童了。她站起身，快速步出咖啡厅，用手里的零钱买下了卖报童手里的报纸。

卖报童瞪着眼前这个像天使般的人儿，眼眶立即红了，"姐姐，你知道吗？你救了我！"

"你能做到的！要相信自己！"她告诉那个卖报童。

卖报童点点头，一脸感激地对她说了声"谢谢"，然后便向活动集中点跑去。

卖报童的一声"谢谢"让嘉睿有些动容。如果没有窥视到卖报童的内心，嘉睿也做不出此举，竟然在最后短短数分钟之内拯救了一个孩子的自尊心。

她当然知道，其实她救的不是眼前的这个孩子，而是她自己。

她转身想回到咖啡厅，可是却怎么也找不到那家咖啡厅了，街景和周围的建筑都变了，她置身在一个陌生的地方，她觉得自己迷路了。

一个面色蜡黄的中年男子从她身旁经过，似乎很不舒服的样子，她觉得眼睛像透视镜一样，将他体内的器官看得清清楚楚，包括他那布满黑斑点的肺。

"先生，您不舒服吗？"她追上前，试探性地问了一句。

"对，好像胃有点不舒服！"他指了指胸口，"有点反胃的感觉。"

"您是不是经常抽烟？"她又试探性地问了一句。

中年男子愕然地看着她，继而点点头，"我已经有三十多年的烟龄了！想戒一直戒不掉……这里最近有点不舒服！"他指的地方，正是肺部。

"您最好去医院拍个片，确切地说，为了您的健康，您应该戒烟……"中年男子错愕地看着她，然后满脸通红地点点头。

太神奇了，她的眼睛竟然能够像X光一样，将人体器官看得清清楚楚！她不由得一阵暗喜，继续朝前面走去。

一路上，行色匆匆的行人，只要视线与她交会，脑海里马上反馈出许多信息。

"我得赶上最后一趟火车回去，要不然父母会失望的……"

"老板真是可恶极了，天天都要我们加一个小时的班，又不给加班费。"

"希望今天的演讲顺利，千万不要出现失误！"

这种感觉真的太奇妙了，她一边走，一边注视着来来往往的行人。

"幸好跑得快，太惊险了，差点被那失主给抓住了。"

一个慌慌张张的年轻男子从她身边经过，她读取了他眼中的信息，看见他手里的女式挎包，她什么都明白了，毫不犹豫地朝旁边的治安亭跑去，并且告诉警察，那个人是小偷。

小偷被警察制服之后还在纳闷他们是怎么知道他是小偷的。

她继续在街上行走，突然她看见了两个正在争吵的妇女，她们站在水果摊边上，吵得脸红脖子粗，不可开交，旁边的老板盯着滚落在地上的几个被砸烂的苹果，流露出无可奈何的表情。

"是你弄掉了这些苹果……你别赖在我头上！"稍胖的女人愤怒地瞪着眼睛。

"不是我弄的，明明就是你弄掉了这些苹果，我可看得清清楚楚……"稍瘦的女人不甘示弱。

两个人为了不赔偿苹果，不停地互相推卸责任。

她盯着那两个妇女的眼睛，立即就读取了她们的信息，"我不能承认，就死命地赖在她身上，到最后，谁也说不清，一人赔一半，我也不会损失太多。"稍胖的女人心里在盘算着。

"太冤枉了，我明明看见是她弄掉了那些苹果，只是碰巧走在她身后而已，就全赖在我头上了。"稍瘦的女人一脸的委屈。

嘉睿知道了稍胖妇女的心思，于是贴近老板的耳边说了几句话。

"这样吧，你们俩都别吵了，我们去查查监控吧！"老板对那两个还在争吵的妇女说，"我想真相会水落石出的！"

稍胖的妇女一下子慌了，她没留意到这里根本没有摄像头，马上支支吾吾地说："算了，算了，我自个儿掏钱吧！"

老板收过钱后，对稍瘦的女人说："您得感谢一下那个孩子！是她证明了您的清白。"

被冤枉的那个妇女感激地回过头，却发现嘉睿已经不见了踪影。

耳边充斥着各种声音，但凡眼睛看见的，任何秘密都在她面前暴露无遗。

"这次考试一定要考好，要不然父母会取消我的捷克之旅！"一个少年耷拉着脑袋，从她身边经过。

"这个月的工资被扣了一半，真是倒霉！"一个无精打采的年轻人走了过来。

"今天的合同终于签订了，太激动人心了！"一个穿着西装的男子无法掩饰内心的亢奋，连走路都显得激昂。

"无论如何，我也不能让同学们知道我爸爸妈妈离婚了，他们会嘲笑我的……"一个背着小书包的女孩走过她的身旁。

耳朵里一下子灌入了太多的声音，她感觉太阳穴开始隐隐作痛，脑海里实在装不下这么多的信息，同时又感到惶恐不安，因为她觉得自己知道得太多了。

太难受了, 太难受了!

她闭上了眼睛, 世界顿时清静了。那么, 既然她能读出别人的想法, 是不是也有人能读出她的想法?

"孩子, 你还好吗?"耳旁传来一声轻柔的问候。

她缓缓地睁开了眼睛, 一位中年妇女正凝望着她, 眼光柔和、深邃。

"你好像需要帮助!"和善的中年妇女扶住了嘉睿, 一脸关切地说。不等嘉睿开口, 她便朝她身后一指, "那不就是你要找的咖啡厅吗?"

嘉睿讶异地回过头一看, 身后果然是咖啡厅, 仔细一看, 她的同学们都还在。

"谢谢您!"她转过身。

中年妇女不见了, 街景和建筑又恢复了原貌, 一切又回来了。

她, 依然坐在咖啡厅里的沙发上。

"那你能看见我在想什么吗?"昕恫一本正经地看着她。

嘉睿笑了笑, 然后也一本正经地告诉她, "你在想, 要不要再来一杯蜂蜜柠檬茶, 而且还要加冰块!"

"你……你是怎么知道的?"昕恫愕然地看着她。

"因为我的眼睛……能够洞悉人的心灵!"她看见昕恫吃惊的样子, 觉得特别好玩。

"欣宜, 过来, 让嘉睿也来看看你在想什么!"昕恫叫了一声趴在桌子上正盯着自己的双手发呆的欣宜, 她眼神专注, 似乎没有听见昕恫的话。

"奇怪, 她在想什么啊? 这么入神!"昕恫好奇地看着她。

神奇的手

第七章

欣宜在想什么呢?

也许只有她自己知道,她盯着自己一双纤细的手指,甚至还有点心疼它们,除了写作业、练字之外,这双手一大半的时间就用在练钢琴和练古筝上面,几乎没有停歇过。

可惜它们不会抗议,要不然早就罢工了。

如果,这双手能够像马良手中的画笔一样,具有神力就好了。这样,每次钢琴考级前,就不用没完没了地训练,平时该玩就玩,该睡就睡,考级的时候,只需要坐在钢琴面前,就能弹出流水般熟练的曲子。

这种感觉真好!

至少不用整天听妈妈的唠叨声,也不用在她的威逼之下,日复一日,年复一年地练琴了。

就像平时,练得好的时候,妈妈会露出阳光般温和的笑容。练得差的时候,妈妈就会流露出一脸的不耐烦,甚至还会时不时地吐槽几句:

"又不专心了是吧?这琴都弹成什么样子了啊!"

"难听,像噪音!""你要向隔壁的吴桐学习,她弹的这首曲子比你弹的要好听多了!"

"你是猪脑子吗?"

这些不堪入耳的言语会"冻住"她的笑容,会让她更加的自卑,还会让她厌恶从小就喜欢的钢琴课,甚至反感妈妈的爱。

有了一双神手，一切就不一样了。

"您好，打扰了！"一位侍应生模样的人走到了她的面前，"听闻您的钢琴弹奏得非常棒！所以我们想请您为我们演奏一曲，可以吗？作为回报，您今天和同学们喝的果汁饮料全部免费！"

欣宜愕然地张开嘴巴，不过看见同学们一个个钦佩的样子，她的自信心陡然升起，马上迈着款款的步子，走向摆在咖啡厅中心的一架钢琴。

她礼貌地向大家鞠了一躬，接着便坐下来，伸出那双优雅的小手，弹奏起来。它们像小精灵一般，时而矜持，时而大方，灵活而快速地在琴键上起舞，优美的琴声时而高昂，时而低沉，俏皮地穿过每一张桌子，穿过咖啡厅的玻璃门，让过往的行人都忍不住驻足停留。

"弹得真好，太好听了！"咖啡厅里的客人们纷纷拍手称赞。

表演完一曲，咖啡厅里响起了热烈的掌声。

竟然还有人跑过来向她要签名，顿时，她觉得自己被一层"明星"的光环笼罩着。

在学校，她成了同学们崇拜的偶像；在校外，她成了人们追捧的"钢琴天才少女"。

特别是学校举办艺术节的时候，她用精湛的钢琴表演，征服了现场所有的观众，热烈的掌声久久没有停息，一直回荡在表演厅里，这种场面简直堪比肖邦、莫扎特的演奏会，她甚至能和他们齐名。

她站在学校的音乐厅里，仔细看着墙上的肖邦和莫扎特的肖像。

"不行，你不能和我们齐名！"墙上的肖邦、莫扎特突然跟她说话，"我们的辉煌成就都是靠勤奋练习才取得的！而你，只是投机取巧。"

她吓坏了，往后倒退了好几步，突然，一个趔趄，摔倒在地上。

"哼，大不了不弹钢琴了！"她愤愤不平地走出了音乐厅。

反正这双神奇的手，即使不弹钢琴，也一样能与众不同。

瞧，它还可以写出神奇的字，它写出来的字犹如行云流水，与书法家写出的字比毫不逊色。

第一件要做的事，就是取消写字课，因为她的字早就超过了书法老师，终于不用天天埋头苦练笔画了。

"对不起，从现在开始，你是我的老师了！"她写的字连书法老师都自叹不如。

"你也教教我们吧！"写字班的学生嚷嚷着。

"可以，我来教你们！"她欣然同意了，"一分钱也不收。"

再也没有人敢嘲笑她写的字丑，妈妈也不再数落她了。好多人都想收藏她写的字，不惜花很多的钱来买。妈妈乐坏了，以前，她总抱怨自己没日没夜地加班赚钱，最后为了欣宜，全把钱交到了培训中心。如今，欣宜只写一两幅字，就能赚回一大笔钱，妈妈再也不用经常加班，她可以安心地坐在家里收钱了。

无论什么字体，她都可以用这双手写出来，而且堪称大家之作。

"你写的字为什么值那么多钱？轻而易举就写出来的字，怎么能和我们相比？"书法家们纷纷来找她的麻烦，"我们是冬练三九,夏练三伏,靠勤奋和吃苦练出来的字,这样的字才最有价值。"

面对他们的连连逼问,她有点后怕,一下子退到了墙角处。

"大不了不写字了!"她嗤之以鼻。

这双手即使不弹钢琴,不写字,照样也能做出惊天动地的事。

"我去参加排球比赛!"一天也没有练过排球的她,跑去报名参加排球比赛。

结果,无论她在哪一队,哪一队就会获胜,即使是这样,最后她还是被排球队淘汰了。

"为什么,我用这双手给你们带来了希望和胜利!"她疑惑地看着教练。

"就是因为这胜利来得太容易了,让比赛失去了真正的意义,所以我们才决定淘汰你!"教练意味深长地说,"我们每一次的刻苦练习,都是为了能够在比赛场上大放光彩,这会让我们认为所有的付出都是值得的。可是自从你来了之后,我们发现,胜利来得太容易了,更可怕的是,胜利并不属于我们,而只是属于你个人。"

欣宜怔怔地看着他,然后又看了看自己的手,到底这双神奇的手带给她的是什么呢?

荣誉和骄傲?可是哪一样是属于自己的呢?好像真的都没有。

她落寞地走在回家的路上,有一些人认出了她,跑过来索要她的签名。

这一次,她拒绝了。

因为这双手签出来的名字，并不属于她。"'冰冻三尺，非一日之寒'，如果我不勤加练习钢琴，怎么可能把钢琴弹好？如果我不勤奋练习写字，又怎么可能把字写好？"她似乎有些明白了，"其实我要的并不是这双神奇的手，而是前进路上的一点鼓励……如果妈妈不再一味地抱怨，一味地指责，哪怕只有一句鼓励的话，一个加油的手势，或许我真的会更加努力！"

她盯着自己的这双手，左看右看。

"你的手有什么特别吗？"有人撞了一下她的肩膀，让她吓了一跳。原来自己还坐在咖啡厅里，趴在桌子上打量着自己的手呢。

"哦，好像没什么特别之处！"

她笑了笑，然后看了看刚才碰她的吴桐，"怎么了？"

"刚才昕恫叫你半天了，你都没反应！"吴桐盯着她的手，"唉，还以为你很迷恋自己的手呢。"

"的确有点迷恋，因为我的未来全靠它了！"欣宜直起身子，伸了一个大大的懒腰。

吴桐拿过来一个卡通抱枕，然后把脸埋在里面，"这会儿真的有些无聊啊！不过却让我们感到很放松！"接着，她就保持着这个动作，把脸埋在抱枕里，一直没吭声。

"想什么呢？"有人轻声问她。

她没有吭声，只是耸了耸肩膀，看上去，似乎很享受这个姿势。

分身术

她在想什么呢？

脸埋在抱枕里，眼前一片漆黑。脑海里却不时会浮现爸爸语重心长的那句话："我们对你施加压力，目的就只有一个，希望你将来过得比我们更好。"

"更好"究竟是什么呢？吃得好，穿得好，还是住得好？

这个"好"字似乎成了父母们的口头禅，而且时间一久，就像观音菩萨教给唐僧的紧箍咒一样，把孙悟空给牢牢地控制住了。

桌上的书已经堆成了小山，这仅仅只是小升初的学习资料。估计读到高三的时候，这卧室将摆满书，连搁脚的地儿都没有了，完全被书海淹没了。

"凌晨的哥哥考上了人民大学，你要向他哥哥学习！人家每天都要学习到十一点钟才睡觉，你晚上才学习一个小时就开始不耐烦了！"吃饭的时候，爸爸又开始念叨了。

睡觉的时候，妈妈端了一杯热牛奶进来，本来这个暖暖的举止让她感到很暖心，可是这种感觉没有持续多久，就被一盆冷水给泼醒了，"多喝点牛奶，补补钙，学习和身体都不能马虎！"唉，又是学习！

快要放暑假的时候，爸爸和妈妈告诉她一个好消息，他们要带她去泰国旅游，这本该是一件值得欢呼雀跃的事，她对这次旅行一直梦寐以求。

可是他们后面的一句话却让她一点也高兴不起来，"前提是你这次考试必须达到95分以上，我们才能满足你的这个愿望。"

他们根本不知道，本来信心满满的她，却因为太在意这句话，而变得紧张不安，生怕会考砸，结果考得比平时还要差。

泰国之旅就这样被取消了，迎接她的是无休止的复习加练习，天天学得昏天暗地。

"知识可以改变命运！"爸爸和妈妈告诉她。

可是她从来没有抱怨过命运的不公，而且对目前的生活和环境都感到很满足。

"学习让你拥有更多的选择权……"他们说，"你可以自由地选择你的梦想！如果你不好好学习，就失去了选择梦想的机会，而只能接受被选择！"

她梦想长大后当一名警察，她觉得警服特别好看，穿上警服的女警察更是英姿飒爽，特别好看。当然要实现这个梦想，她首先得努力学习，才能考上警校。

爸爸妈妈说得很对，可是他们也许没有察觉，即便她的成绩再好，考上心仪的大学，她就开心了吗？他们剥夺了她的童年，剥夺了她的快乐。

如果，只是如果，世界上有两个她，那该多好！

一个她在书桌上刻苦学习，另一个她在外面尽情地玩耍。

就像拥有分身术一样，可以随意地变成两个人，然后又可以合体，变成一个人。

"喂，起来啊！"有人在叫她。

她眯着眼睛，缓缓地将脸从抱枕中抬了起来，眼珠子一下子瞪圆了。

这个人是谁？为什么穿着和自己一模一样的衣服？为什么和自己长得一模一样？

"我就是你啊！"那个女孩见她一脸吃惊的样子，不由得笑了，还在原地旋转了几圈，"你不会连自己都不认识了吧？"

我自己？她怔怔地看着那个女孩。

女孩笑着点点头，趁她不注意，突然扑了过来，就在她准备躲闪的时候，女孩直接钻进了自己的身体里。她看得瞠目结舌，等反应过来的时候，已吓得毛骨悚然，身上起了一层鸡皮疙瘩。

这到底是怎么回事？约莫过了几分钟，另一个她又从身体里抽离了出来。

"现在，我来做作业！你出去玩吧！"不愧是另一个自己，一眼就看穿了她的心事。

"这样不好吧？"她有点犹豫。

"放心地去玩吧，我就是你，你就是我啊！"另一个她说得轻描淡写，"别忘记了，我们是一个人！"

真的吗？太好了！她开心地拍起掌来，"那我先出去玩会儿滑板……"她抱着心爱的滑板，夺门而出。

爸爸眼睁睁地看着她从面前飘过，刚准备叫住她，突然瞥见屋里还有另一个她正在认真地写作业，"我怎么老眼昏花了啊？"他揉揉眼睛，嘀咕着自己好像也不老啊。

从超市回来的妈妈乍一看到她在外面玩得正尽兴，不由得火冒三丈。"这作业没做完，怎么就跑到楼下来玩了呢？"她正准备把她叫回去。

"妈妈，我作业都快做完了，你的果汁买回来了吗？"楼上传来了女儿的声音。妈妈抬头一看，呆若木鸡，女儿正站在楼上叫她呢。

看花眼了! 妈妈摇摇头, 只好悻悻地回家了。

这下终于没有人给自己限定玩的时间了, 她一直玩到天黑才回家, 更有趣的是, 一回到家两人就合体了, 爸爸和妈妈一点也没有发现破绽。

"明天要参加奥数比赛, 干脆你去吧!"她和另一个她商量着。

"好, 我去!"另一个她爽快地答应了。

"我可以去烘焙屋学做蛋糕!"她无比开心地说,"现在终于可以想做什么就做什么了!"

不过, 另一个的她脾气也挺倔强, 让她去图书馆看书, 可她偏要在家里睡觉。偶尔也不愿意和她配合, 闹闹情绪什么的。

比如, 让她温习功课, 她偏吵着要去买小仓鼠; 让她去补习班上课, 她偏要去科学馆。

她要吃冰淇淋, 另一个她却吵着要吃烤串。

她想去世界之窗, 另一个她却说要去欢乐谷。

"你到底是不是我?"她有点糊涂了,"为什么我们俩现在想法不一致了?"

"我就是你啊!"另一个她十分肯定地回答,"想法不一致, 是因为你脑海里的想法太多了, 一会儿要去这儿, 一会儿要去那儿, 光有我一个, 好像还不够啊! 得有许许多多的你, 估计才能实现你脑海里的想法。难道烤串和欢乐谷, 不也是你想出来的吗? 唉, 真是分身乏术啊!"

她顿时哑口无言, 的确, 这全是她的想法。

怎么办? 想去玩, 而且玩的地方还不止一个; 又想学习,学习的内容也想广泛一些，什么数理化，统统全都能装进脑子里；可是又想去吃好吃的，东北的水饺、天津的狗不理包子、南方的早茶，她全都想吃。

时间有限，自己能选择的只有一个，而多出的另一个自己也只能选一个。

唉，鱼和熊掌真是不能兼得啊。

正当她为此苦恼的时候，一阵风吹过，她突然感觉脊椎骨有些发凉，转过身一看，哦，真不得了，后面站着一排又一排的人。

而且，这些人全是她。

"我要去学习！"

"我要去吃东西！"

"我要去旅游！"

她们一哄而散，像执行任务一样，全都按照她的想法去执行了。而她呆立在原地，脑海里一片空白，因为该做的，她们全都去做了。

算了，还是回去吧！

"我回来了！"她推开门，却发现"她"正和爸爸妈妈坐在一起吃饭，而且爸爸、妈妈正在夸"她"学习很认真。

"你是谁？"他们发现了门口的她，怔怔地走了过来。

"我是你们的女儿啊！"她告诉他们。

"虽然你和我们的女儿长得很像，但是可以确定的是，你不是我们女儿，因为她就在家里。"他们指了指另一个她，"而且她不会像你这样偷偷地跑出去玩，她只会在家里学习。"

她吓了一跳，另一个她也一脸无辜地看着她。她夺门而出，跑去找好朋友昕恫，不料却见昕恫正和"她"在玩荡秋千。

"昕恫，我有麻烦了，你得帮我想想办法！"她急忙对昕恫说。

"你……你是谁？"昕恫愣愣地打量着她，"你怎么和吴桐长得一模一样？你是不是她的双胞胎姐姐或者妹妹啊？"

"我就是吴桐啊！"她急了，"你怎么连我也认不出来了！"

昕恫看了看身边的"吴桐"，又看了看她，眼睛骨碌碌地转动了几下，灵机一动，向她们提出了几个问题。

"你最喜欢的卡通人物是……"

"哆啦A梦！"两个人异口同声。

"我们班哪个男生最胖，但是最有爱心！"

"刘一凡！"两个人同时回答出来了。

"你上一篇作文的题目是……"

"爸爸妈妈，我想对你们说！"两个人又回答对了。

昕恫显得左右为难，长得一模一样，连回答问题都是一样的，这实在太难以区分了，"我想只有你们自己心里清楚，哪个才是真正的吴桐。"

"我是真正的吴桐，其他的吴桐都是假的！"她大声为自己申辩着，"她们都是从我想象中变出来的。"

"那你……再把她们变回去不就完了吧！"昕恫困惑地看着她。

是啊，把她们再变回去不就可以了吗？她幡然醒悟。可是怎么变回去呢？再说了，如果真的变回去了，意味着她又要重新回到过去，回到被囚禁在"鸟笼"中学习的日子。

　　是回去，还是维持现状？

　　思想反复地做着斗争，最后，她勇敢地做出了一个决定。

　　回到过去，因为这种感觉真的很不踏实，"她们"分担了她生活和学习中所有的负担，她变得好像不完整了，甚至都感觉不到自己的存在了。

　　"好好地学习，只有知识才能改变这一切！"她轻吁了一口气，"不能用投机取巧的方法，其实我需要的，仅仅是父母给我一点呼吸的时间而已。"

　　想到这里，她似乎闻到了一股来自未来的清香，未来，一定盛开着一朵成功之花。

　　她似乎明白了一些道理，不过，从四面八方涌出了许许多多的"她"，她们并没有消失，而是怒气冲冲地走向她。

　　"我们不要变回去，我们不想变成一个念头……"她们越走越近。

　　面对咄咄逼人的她们，她惊叫一声，猛地抬起了头。

　　轻缓的音乐，暖暖的午后阳光，窗明几净的咖啡厅，慵懒发呆的同学们。

　　手里依然抱着抱枕，幸好，只是一个幻想而已；她将余下的果汁饮料一饮而尽。

　　幸好只有一个自己。

爸爸妈妈

被**吸进手机**

"看你一脸受惊的样子，是不是想到什么可怕的事了？"可萱看着她，声音尖细得像只可爱的小猫。

"嗯！"她点点头。

"我刚才……也遐想联翩！"可萱的眼睛眯成了一条小缝，"不过，我想的可是有趣的事！"

吴桐斜着脑袋，好奇地看着她，"什么有趣的事？说来听听！"

可萱抿着嘴笑了，"我爸爸妈妈是标准的'低头族'，吃饭的时候看手机，睡觉前也看手机，就连上卫生间，他们都会看手机。而我，看一会儿手机，就会被他们数落。一会儿说对眼睛不好，一会儿说对颈椎不好。有时候，写完作业，我很想和他们聊聊天，可是他们在和我聊天的时候，眼睛总是盯着手机。哪怕出去玩，他们的视线也不在我的身上，而是在手机上。手机像个大魔鬼，一点点吞噬了他们陪伴我的时间……"

"我也有同感！"不远处的榆茜插了一句嘴，"他们对手机真的好像着魔了！走路在看，乘车在看，工作闲暇时也在看，回家在看，连和别人说话时也在看，似乎他们爱手机超过了爱我们……"

"我在想，不管什么人，每天看手机的时间持续长达7个小时以上，就会被吸进手机里……囚禁在里面，"可萱眨巴着眼睛，"是不是一件有趣的事？"

榆茜和吴桐愕然地看着她，继而点点头，她们俩的视线落在了不远处的马越身上，她正低着头看手机呢！

这应该不是有趣，而是可怕吧。

原来她在想这件事。

如果真是这样，被吸进手机里的人肯定数不胜数，包括她的父母。

咖啡厅的角落里一道闪电划过，一个正在看手机的客人突然凭空消失了，只留下桌上的一部手机以及一杯冒着热气的咖啡。

"这是怎么回事？"手机屏幕上出现了一个正在挣扎的人，他一脸惊恐，不停地拍打着屏幕，"我要出去，我要出去。"

任凭他怎么喊叫，也无济于事。

紧接着，又有几道闪电划过，咖啡厅里又接连消失了几位客人，同样，桌上只留下了他们的手机，以及手机里一脸惶恐的他们。

"我要出去！"他们在手机里大声喊叫着。

咦！马越怎么不见了？张槿嚷嚷着，榆茜也吓傻了眼，"她的手机在这儿！"欣宜指了指沙发上的手机，"估计去上洗手间了吧！"

突然，盯着手机的张槿瞪大了眼睛，"马越……马越在里面！"她声音发抖，指着手机告诉她们。

她们带着疑惑的目光瞄向马越的手机，只见里面有个小人儿正拼命地撞击着手机屏幕，似乎想要从里面钻出来。

仔细一看，这个小人儿真的是马越！

"这……这可怎么办啊！"张槿急了，不停地抖动着手机，仿佛要把她给抖出来。

不过，由于她的力气太大了，不但没把马越给抖出来，相反把自己给抖晕了。

"我把手机屏幕砸碎，这样不就可以把她解救出来了吗？"榆茜异想天开。

可是这个想法马上被大家否决，如果手机砸坏了，那马越不就永远要被困在里面了吗？

可萱赶紧拨打爸爸和妈妈的手机，结果出现打通没人接的状态。"我回家一趟！"她推开咖啡厅的门，拔腿就往家跑。

一路上，不断地看见有人消失，街上、公园里，包括公交车上全都布满手机，那些人被困在手机里，呼天喊地的，这可难为了值勤的警察，怎样把困在手机里的人解救出来成了他们最头疼的问题。

家里静悄悄的，平时也是这样。爸爸和妈妈低头看手机，可萱则在房间里安静地写作业或者看书。

推开门，没有看见爸爸和妈妈的身影，她叫了两声，也没有人应。不过眼尖的她发现爸爸的公文包和妈妈的皮包都搁在桌上，这证明他们没有外出。

她推开洗手间的门，赫然发现爸爸的手机掉在地上，拾起来一看，里面有个人正急得团团转，这个人正是爸爸。

"可萱，可萱！"爸爸看见了她，立刻流露出惊喜的表情，"快想想办法，救爸爸出去。"他拍打着屏幕，不停地叮嘱着女儿。

"爸爸，你先别急！"她转过身又去找妈妈。

果然在客厅里的沙发上发现了妈妈的手机，妈妈和爸爸一样，也被困在手机里，正哭得梨花带雨。

"可萱，可萱！"妈妈看见可萱，像看见了救星似的，一边抹泪，一边可怜巴巴地看着女儿，"你没被吸进手机太好了，你快想办法救我出去！对了，宝贝，千万别老盯着手机看，要不然你也会被吸进手机里的。"

此刻的爸爸妈妈，没有了往日的强势和盛气凌人，正指望着她能够将他们救出去。

"如果你们不老盯着手机，多点时间陪伴我，就不会出现这种情况了！"她的话似是埋怨，又似是感叹。

爸爸和妈妈看起来好像心不在焉，也没有把她的话听进去，只是一味地在想办法逃出来。

可是怎么样才能把他们解救出来呢？她想下载个钓鱼软件，然后把爸爸和妈妈给钓出来。

结果钓鱼软件下载成功后，不但没把爸爸和妈妈钓出来，竟然把手机管家钓出来了，一个穿着黑色紧身西装的人，表情严肃地对她说，再胡乱下载软件就要罚她的款。

"请问有什么办法，可以救出我的爸爸妈妈？"她把零花钱全给了这个手机管家。

手机管家毫不客气地接过钱，然后存进了微信钱包里。"三天过后，他们自然就会出来！不过如果他们还是持续看手机，只要超过7小时，就会被吸进手机里。而且这还不算严重，如果被吸进手机超过3次，那么他们就要终生被困在手机里……"手机管家还告诉了她一个秘密，"在我们手机里，被终身囚禁的人可多了，没有亲人的陪伴，他们别提有多可怜了。不过他们可以和亲人视频聊天，只是身体不能接触而已！"

可萱打了个寒战，如果一辈子见不到父母，感受不到他们的陪伴和抚摸的温度,那是多么可怕。

看起来十分绅士的手机管家,竟然用很狼狈的姿势爬进了手机里,让她觉得有些好笑。

三天后,爸爸和妈妈就可以从手机里出来了。这三天,她一定要呵护好手机,保证电量充足,不能断电。

写作业的时候,她就把两部手机放在桌前,现在爸爸和妈妈也无事可做,只能陪着女儿写作业。

"宝贝,写累了就去倒杯牛奶喝吧!"妈妈心疼地说。

"别写得太急,这样容易出错!"爸爸眼睛盯着她的作业本,"像刚才这道题,你可以再斟酌一下……"

纵然他们被困在手机里,可是仍关心她、关注她。这种被关心的感觉真的很好,一种幸福的感觉油然而生。

写完作业后,她又去淘米煮饭,还为自己做了一个蒸水蛋。

"你……你会做饭了?"看着女儿自立的样子,妈妈感到很吃惊,"我以为你经常点外卖。"

"是啊,我早就会做了!"她点点头,"你们一天到晚老盯着手机看,所以根本不知道这些。平常,你给我订外卖的钱,我都攒着呢,不过,刚刚全被手机管家拿走了。"

吃完饭,她洗了个澡,然后把自己的换洗衣服也洗了,这一点,让爸爸妈妈感到很震惊。

"唉,宝贝长大了……我们以后应该少看手机,多关心一下孩子!"妈妈内疚地说。

"是的,我们老盯着手机看,却没发现孩子渐渐长大了。"爸爸感慨地说。

晚上,她躺在床上,左边放着妈妈的手机,右边放着爸爸的手机,他们三个人在床上聊着天,非常快乐。不像以往,他们躺在床上,几乎是零交流,眼睛全都盯着手机看,就连偶尔发出的笑声,也是因为看了手机上某个搞笑的视频或者画面,才会这样。

"爸爸,你说世界上有没有长生不老的人?"她问爸爸。

"没有!"手机里的爸爸摇摇头,"不过人的一生虽然短暂,可是却留下了很多美好的回忆。"

手机里的妈妈眼眶红了,"一家人能够这样幸福地聊着天,这种感觉真好!以后,我们应该少看手机,多陪伴家人。"

她笑了,眼睛眯成了一条月牙儿缝,嘴角高高地扬起了一条上弧线。

在这三天里,她和手机里的爸爸、妈妈度过了一段美好而又快乐的时光。

三天后,爸爸和妈妈终于从手机里出来了。

他们所做的第一件事,就是拥抱她,抱得紧紧的,让她都快窒息了,不过,这是幸福的拥抱。

她觉得自己是世界上最幸福的人。马越也从手机里出来了,惊魂未定的她发誓再也不敢盯着手机看了。

那些爱玩手机游戏的同学,也不敢再肆意地玩了,谁都怕被囚禁在手机里。

嘀……

一阵悦耳的手机铃声把可萱吓了一跳,恍然发现原来她还在咖啡厅里。

旁边的张槿和榆茜、马越正瞪着她,听她说下文呢。

"你接着说啊,如果盯着手机超过7个小时后,被吸进手机里之后呢……"她们问。

她看了看手机上面显示的号码，是妈妈打电话来了，"先等等，我接个电话！"她笑着对她们说。

走到角落里，她用小时候那种撒娇语气对电话里的妈妈说："今天晚上，你们能不看手机了吗？陪陪我吧，我想和爸爸妈妈一起睡，想和你们一起聊聊天！好怀念小时候的这种时光。"

电话那头的妈妈大概被吓坏了，继而才回答她，"哦，宝贝……我们太忽视你了，今天晚上……不对……是以后，我们都会尽量少看手机，多陪陪你，好吗？"

这一次，她是真的笑了，不是在梦中。

被标签的人

"王欣逸,你不会是睡着了吧?"在咖啡厅里说说笑笑的她们,突然瞥见王欣逸背靠在沙发上,眯着眼睛一动不动。

王欣逸的眼皮轻轻抖动了几下,嘴角露出笑意,却一声不吭地继续保持着这个姿势。

"你在想什么?"可萱俯在她耳边,轻声地问。

"如果你们都被贴上标签……会是什么样子?"她慢慢地说道。

"贴上标签?"她们听完这句话,一个个瞪大了眼睛,"用来区分我们的标签吗?"

"标签有两类,一类是可以接近的同学,另一类是不可以接近的同学……"她的声音越来越低,最后只有她自己听得见了。

"嘟哝什么呢?"她们没听清。

还好,你们没有听清!她在心里说。

她在想什么呢?

早上出门前,妈妈像警察盘问一样,至少问了欣逸半个多小时,跟什么人出去,叫什么名字,是同班同学还是同校同学,是男还是女,要去干什么?

欣逸一五一十地全部告诉了妈妈,哪怕她并不想,她也不能拒绝——从小到大,感觉自己一直活在他们的掌控之中,一点小秘密都没有。

"什么?跟这些女孩子出去?"妈妈听见她们的名字,脸马上变得严肃起来了，"她们的成绩怎么样？在班上的成绩排名是多少？"

在他们眼里，多跟成绩好的同学接触准没错，成绩差的同学一定要远离，所谓"近朱者赤，近墨者黑"就是这个道理。

可是，她有她的择友标准啊，谈得来的，志趣相投的，除了成绩，有其他地方能吸引她的同学，自然是首选。不能看见别人成绩好，就主动和他们玩，说不定他们和她性格根本不合呢。

可是父母们永远不能意识到这一点，他们会让你按照他们的要求，来选择朋友。所以，她现在身边的朋友，基本上全是父母安排的，他们都被贴了标签。

成绩好的同学，会被贴上"容许"的标签。

成绩差的同学，会被贴上"禁止"的标签。

可是这些被贴了"容许"的同学，有的对她并没有像父母预期的那么友好，相反，还有人数落她，"不要老缠着我，很烦！"

她考得不好的时候，安慰她的同学有成绩好的，也有成绩差的，恰恰这些被贴上"禁止"的同学，在她最低落的时候给了她鼓励，给了她拥抱。

直到有一天，被贴上"容许"的一位同学，本来和她关系也不错，后来也不知道什么原因，竟然对她不冷不热，爱理不理。

"对不起，我妈不许我和你玩！"最后，这位同学对她如实相告，"她说你玩性大，怕你把我带坏。我也觉得这样不好，不过我没办法左右她的想法。"

　　那一刹那，她犹如五雷轰顶一般，呆立在原地。一直以为只有自己的父母喜欢这样给她的同学贴"标签"，殊不知，其他同学的父母亦是如此。

　　最让她感到意外的是原来自己也被别人贴上了标签，而且还是"禁止"的标签。

　　如果这个世界，所有的人都被贴上了标签，那会是什么样子呢？

　　她闭着眼睛，仔细思考着。

　　"对不起，有人能让一下座吗？"耳旁传来有人说话的声音。

　　她睁开眼睛，突然发现自己竟然站在公交车上，周围都是人，售票员正扯着嗓门嚷嚷着，在她的身旁站着一位孕妇。

　　她赫然发现，自己正在一辆公交车上，每位乘客的头上，都贴着标签，"善良""无私""贪婪""自私""正直""勇敢"等等。

　　她以为那些贴着"善良"和"无私"标签的人，会主动让出座位，不料他们却纹丝不动，有的装着看手机，有的装着没听见。

　　只有一位贴着"贪婪"标签的人，看上去像是位建筑工人，面目沧桑，黝黑的脸上满是汗水，主动站了起来，然后招呼那位孕妇坐到他的位置上。

　　他的手里拎着三袋鸡蛋，那塑料袋上面写着超市促销的广告词："每人限购一袋鸡蛋！"

　　有人不解，指着鸡蛋问他："不是每人限购一袋鸡蛋吗？你怎么有三袋？"

他不好意思地挠挠脑袋，一脸憨憨地笑，"好不容易遇着这样的机会，我就多进去几趟，反正超市人多，也没认出我来！孩子们爱吃鸡蛋，逮着这样的机会，就多买些放在家里。"

那位问他的人，露出鄙夷的目光，摇了摇头，似乎这"贪婪"二字的标签贴对了。

"不是这样的！"欣逸想争辩。

不料却发现自己站在了广场上，这里的人可真多啊，有的人在散步，有的人在练拳，还有的人在跳广场舞，他们的头上全都贴着标签。

她感到有些害怕，想向这些人打听一下，这里到底是什么地方？

"请问一下，这里是哪里？"她看见一位正在晨练的老人，连忙上前去问。

老人的额头上贴着"古怪"的标签，旁边有人提醒她不要和他说话，"这老人古怪得很，我们平常和他打招呼，他都不理，脑子估计有问题。"

果然，他看了一眼她，然后没有搭理，自顾自地继续练着拳。

她又上前去问一位贴着"热心"标签的妇女，"您知道这是哪里吗？"

这位妇女真的挺热心，一脸的笑容，然后拉着她的手，十分淡定地瞥了一下四周，对她说："你是不是迷路了？"

"是的！"她如实相告，"我家住在滨海路……请问怎样才能走到那里？"

"那你跟着阿姨走吧，我会帮助你的。"妇女满脸堆笑。

她犹豫了片刻，又看了看她额头上的"热心"标签，最后终于决定跟着她走。

结果没走几步，突然那个"古怪"老人跟了上来，然后一把拽住她的手，"滨海路不走这边，而在相反的方向……"

那妇女死活不让老人带走她，甚至还撒起泼来，开始骂那老人多管闲事。

"你看那边有警察！"老人朝前面指了指。

妇女听了连忙手一松，慌慌张张地跑了。

前面根本没有警察，她疑惑地看着老人，"她是人贩子，别看老露着一副好脸，心黑着呢！"老人告诫她，"找不着路去问警察啊！"

原来"古怪"的老人，其实有着一副热心肠。

她想说"谢谢"，可是嘴巴无法发出声音，她不停地挣扎着，不料却醒了。

原来她还坐在咖啡厅里的沙发上，回过头，发现那些人的头上依然贴着不同的标签。

突然，地面剧烈抖动起来，她吓了一跳，不等反应过来，便感觉自己的身体连同坐着的沙发突然陷了下去。

啊！她惊叫一声，手本能地伸出去想要抓住什么。

不过，好在塌陷的地面不太深，只有两米多高，如果有人拉她一把，应该就能出去。

"快，抓住我的手！"有人在她头顶上方大声地喊着。

她抬起头，看见了一张熟悉的面孔，就像在黑暗中，看见了光明。她快速地伸出手，刚想去握住那只手，却突然发现那个人的额头上贴着一张醒目的标签"禁止接触"。

这类同学，是父母不允许她接触的，要不就是成绩不好,要不就是有一些不良习惯。就像这个刚刚想救她的同学,因为说话喜欢带脏字儿,常常遭到同学们的戏谑。

"快啊,欣逸!"那人催促道。

"……"她犹豫不决,就在她犹豫的瞬间,地面又抖动了,她的身体又开始跌落,这次离地面更远了。

"有人在下面吗?"地面上传来了有人喊叫的声音,接着有一条绳子的一端被丢了下来,"快握住,顺着绳子一点点地爬上来……"

这可是救命的绳子,她紧紧地抓住绳子,一点点地往上爬去,等快爬到地面上的时候,她已经累得满头大汗,一抬头,正好看见地面上有一双关切的目光正注视着她。

"加油,你还差一点点,就能上来了!"他握紧拳头,为她鼓劲。

可是她看见了他的额头上贴着"禁止接触",他似乎知道了她的在意,然后腼腆地说:"我是一个差等生……"

差等生?欣逸瞪大了眼睛,父母最不喜欢的就是这类学生,尤其是不让她和他们接触,生怕他们会让她的成绩变坏。

她还没有回过神,地面再次抖动起来,那孩子一个趔趄没有站稳,摔倒在地上,绳子也滑出了手心。

啊!她尖叫着,身子再次跌回地下的坑里。

"我差点就能出去了……"她委屈地说,"如果我刚才不迟疑的话。"

她继续在坑里待着,心里十分懊悔,而且自己看他们的眼神,就像戴了有色眼镜一样,他们应该很难过。

不一会儿,头顶上方又传来了有人说话的声音,绳子的一端再次从上方扔了下来。

这一次，她抓得紧紧的，拼尽全力地往上爬去，等她爬到地面上的时候，她发现有好多人都握着绳子的另一端，他们额头上的标签有好的，也有坏的。

可是在这个时刻，他们为了救她，相互之间没有芥蒂，而是齐心协力共同把她解救出来。

"谢谢你们！"她上前逐一和他们握手，表示感谢。

突然，从人群里冲出两个人把她拽走了，这两人正是她的父母，"你怎么这么糊涂啊！为什么会和他们混在一起？你看看他们，有的很调皮，有的爱说脏话，有的成绩很差，如果和他们在一起，你也会变得和他们一样。"

"可是这只是他们的某一个缺点而已，他们身上的优点你们都没有看见呢！虽然学习成绩差，可是他们有爱心；虽然调皮捣蛋，可是他们做任何事，都非常认真和负责；虽然他们某些举止行为不好，可是他们却见义勇为。"她告诉父母，"难道……难道我就是最好最优秀的人吗？"

父母愣住了，他们停下了脚步，并且回过头仔细端详着她，她的额头上也同样贴着"禁止接触"的标签，因为她贪玩，每天放学后，都玩到不肯回家，甚至好几次出门，都没告诉父母，结果回来后被他们狠狠地批评了一顿。

所以同学们也给她贴上了"禁止接触"的标签，生怕和她玩会影响他们的学习成绩。

这一点，让父母感到很意外，他们只顾去给别人贴上标签，根本不知道，也有人会给他们贴上标签。

这个世界本身就是公平的，"爸爸妈妈，别再这样给别人贴标签了，好吗？因为每一个人都有优点和缺点，每一个人的身上都有值得我们学习的一面。还有，这些标签根本不准确，我们只看见了人的表面，就妄加评论，其实眼睛看见的不一定是真相，我们只有做好自己，遵从自己的内心，让它去做判断和选择，不是更好吗？"她用征询的目光看着他们。

　　父母一脸讶异地看着她，然后摸了摸自己头上的标签，幡然醒悟。

　　"啪"的一声，他们撕掉了头上的标签，也撕去了她头上的标签，一家三口如释重负。

　　如果所有的人都戴上了有色眼镜，这个世界将变得不再美好，人与人之间不再信任、相互猜忌、相互排斥。如果，我们取下有色眼镜，相信别人，并且真诚地对待每一个人，那么这个世界一定会更美好。

剧终

　　暖暖的午后，一群爱幻想的孩子。

　　她们窝在街角的咖啡厅里享受着难得而又美好的时光。

　　这个午后，她们经历了很多，也收获了很多。

　　谁也不知道，她们用想象建造了一座神奇的城堡，而这座城堡将向所有的孩子无条件地敞开。

　　还等什么，快进来吧!

嗨，哈瑞

嗨，哈瑞

天空下起了雨，滂沱大雨。

雨水不停地冲刷着地面，有泥土的地方，被冲刷出无数条细长而蜿蜒的小沟渠。

马路上有积水的地方，被过往的车轮碾压溅出尺把高的水花。

避之不及的行人，衣裤总会遭殃。

那只狗依然趴在马路中间，眼睛空洞而无神。可是它一动不动的身子，却显得异常坚毅。

即使狗浑身脏兮兮的，毛色暗哑，可是依然能够看得出它的血统高贵。在城里，这种金毛犬大多出现在富人家庭。

它浑身湿漉漉的，整个身子几乎浸在雨水中。

就连它的眼帘，也浸满了水，分不清到底是泪水，还是雨水。

驾驶车辆的司机，看见这只狗的身影，好心的就会体贴地绕道而行；不耐烦的则会猛摁喇叭，随后谩骂着离去。

谁也不知道，在三个月前，这里发生了一场车祸。

那是一场可怕的酒驾事故，一个拾破烂的老头在这里丢掉了性命。那天下着雨，一只狗呜咽着守候在老人的身旁，久久不肯离去，后来救护车来了，那只狗追着救护车来到了医院门口，纵然它对着保安龇牙咧嘴，他们还是驱赶它，没有让它进去。

这是它最后一次见到主人。

车来车往的马路，熙攘的人群、街道，一切恢复了正常，人们似乎忘记了那个雨夜，忘记了那个老头，也忘记了那只狗。

直到有一天，人们在过马路的时候，突然瞥见一只狗趴在马路中间，才又慢慢地开始关注它，关注前不久这里曾经发生的事故。

艾沙注意它很久了，每天校车从这里经过，她总会看见它的身影，她不知道这只狗为什么会趴在这里，而且始终保持着一个动作，可是她看见了它眼里的悲伤，凄楚而可怜。

它心里一定承受着巨大的痛苦和煎熬，艾沙猜想。

"这肯定是只不怕被车碾死的疯狗，要不然怎么会躺在马路中间呢？"校车上的同学见到这一幕，总是评头论足。

"如果是疯狗，它会咬人的，可是它并没有伤害人的意思。"艾沙说。

它绝对不是疯狗，艾沙坚信这一点。

傍晚，雨停了，艾沙要给正在医院上晚班的妈妈送饭，从家门口搭乘巴士，只需两站便就到了，可是艾沙选择了步行，在那手提袋里，装着两份便当。

街上的行人明显少了许多，这个时间大都在吃饭。

妈妈一定饿坏了，艾沙加快了步伐。

不一会儿，艾沙便来到了十字路口，那只狗依然趴在那里，一动不动，对前面驶过来的车辆无动于衷，似乎已经将生死置之度外，时间像静止了一般。

"它这个样子已经有两个多星期了！"准备下班的环卫工人告诉艾沙，"头一个星期不吃不喝，天天哀嚎，后来渴了就去喝点喷泉池里的水，许多人也给它送吃的，可是它不吃！

这样下去，迟早会饿死的，"环卫工人无奈地摇摇头，"那个老头真有福气，虽然没儿没女，可是却养了这么一条忠实的狗，也算值了。"

艾沙将便当小心翼翼地放在垃圾桶旁边，然后悄悄地走开了。

"真是一位好心的姑娘！"环卫工人望着她离去的身影赞叹道。

那是一份蛋炒饭的便当，里面除了鸡蛋，还放了玉米、胡萝卜，还有葱花。这是艾沙一家人最爱吃的饭，她觉得那只狗应该也爱吃。

　　或许等它感到饿的时候，只要走到垃圾桶旁边，就能看见她的便当。

　　艾沙一路上想着。

　　到了医院，妈妈早就在门口瞭望，她的眼神充满了牵挂。

　　"傻孩子，妈妈都说下班回去再吃，你非要每天都送来！"妈妈看见艾沙的身影，赶紧迎上去，接过了她手中的便当手提袋。

　　艾沙的嘴角扬起翘翘的弧线，"我怕妈妈会饿着！"

　　妈妈嘴角抽动了几下，"快回去吧，妈妈吃完饭还要去照顾病人呢！太晚了，坐巴士吧，别走路了。"她摸了摸艾沙的头发，亲了一下她的额头。

　　当护工的妈妈工作总是那么劳累，艾沙心疼极了。

　　回到家里的时候，正好爸爸也下班了，正在享用她的蛋炒饭呢，看着爸爸狼吞虎咽的样子，艾沙觉得自己的厨艺真是了不得。

　　"爸爸，你有看见那只狗吗？"艾沙问。

　　爸爸愕然地抬起头，继而又像回忆般地点点头，"是那只趴在人行道上的狗吗？"

　　"对，就是那只狗！"艾沙说。

　　"看见过几次！那只狗真可怜！"爸爸已经吃完了饭。

　　艾沙一边收拾碗筷，一边默不作声地进了厨房。她在想，那只狗会不会吃了她送的便当？会不会也像爸爸和妈妈一样，爱上她的蛋炒饭了呢？

　　窗外，喧闹的城市慢慢安静下来，只剩下落寞的霓虹灯，孤寂地映射在城市的上空，艾沙躺在床上，两眼盯着天花板，即使哈欠连天，她也强迫自己醒着，但只有听到妈妈回来开门的插钥匙声音，她才会安心地进入梦乡。

因为刚吃过蛋炒饭，艾莎有点口渴，起身到厨房给自己倒了一杯温水。书房的灯还亮着，她知道爸爸肯定也在加班，于是便给他泡了一杯暖暖的茶水，端了进去。

"谢谢你，宝贝！"埋头工作的爸爸，拥抱了一下艾沙，便又继续工作。

"爸爸，别工作得太晚！"艾沙说。

"嗯！"爸爸含糊地应了一声。

艾沙轻掩上门，又躺回自己的床上，她在想，那只狗吃了她的蛋炒饭，会不会也像她一样口渴呢？

也许吧！说不定它现在已经去喷泉池那里找水喝了呢！

门外传来了一阵窸窣声，是妈妈下班回来了。

接着，房门被轻轻地推开了，门口出现了妈妈的身影。

她赶紧闭上眼睛，妈妈轻轻地走了进来，屏住呼吸轻吻了一下她的脸颊，然后又蹑手蹑脚地出去了。

现在，终于可以睡个安稳的好觉了。

艾沙的嘴角弧线高高地扬起，那是一丝甜蜜的微笑。

隔日，当天空发白的时候，艾沙便早早地起了床，即使前一晚回来得再晚，体贴的妈妈总会在家人起床前，准备好早餐，即使她的脸上写满疲惫，可是她始终露出温暖的笑容。

"妈妈，我只需要喝一杯牛奶就行了，以后不用给我煎蛋。"艾沙心疼妈妈。

"是啊，我也只需要一杯牛奶就行了！你可以多睡一会儿。"爸爸随声附和。

妈妈深知父女俩的心思，微笑着说："我不累！"

校车来了，艾沙抹了一下嘴巴，便像小鸟飞一般地跑出去了。

"慢一点！"身后传来妈妈的叮嘱声。

她挤开邻居家的胖子李斯理，迅速占了车上最后一个靠窗的位置，"艾沙，你今天怎么了，简直像个冒冒失失的疯丫头。"李斯理气急败坏地嚷嚷着。

艾沙没有理睬他，她和他又是邻居，又是同班同学，可是两个人却水火不相容，确切地说，李斯理是个捣蛋大王。

说起他干的坏事，简直是"恶贯满盈"，小时候，他还用打火机偷偷地烧过艾沙的头发，甚至还用石头砸碎过她家的玻璃窗，偷过她的文具盒，撕坏过她的课本书，在她的抽屉里放蜈蚣，放学后扮成"鬼"吓她，等等，没完没了。

班上的女生个个都怕他。

艾沙不怕，她会向老师揭发他的恶行，除此之外，她也会向他的父母告状。

反正，总有办法来对付他。

校车行驶到十字路口，便停下来等待红绿灯。

那只狗还是趴在那里，一动不动。

车上的同学也挤了过来，"它还在这里呢！"有人说。

"艾沙，你在看什么呢？"李斯理也挤了过来。

"没，没看什么！"艾沙赶紧推开了他。

李斯理哈哈大笑起来，"哈哈，我知道你在看那只狗，这只狗再这样下去，就要变成雕像了！"

"你真无聊！"艾沙摇摇头。

司机朝同学们喊了一句，"请大家坐好！注意安全。"

大家只好又回到了各自的座位，只有调皮的李斯理硬将头凑了过来，想看看车窗前的那只狗。

"司机叔叔，有人……"坐在身后的女生郭丽丽张开了嘴巴。

李斯理有些惶恐，对郭丽丽翻翻白眼，吐了吐舌头，识趣地坐回了自己的位子上。

艾沙默默地看着车窗外面，不知道那只狗会不会注意到她，她很想问它一句，"你饿了吗？你渴了吗？昨天的蛋炒饭，你吃了吗？"

嗨，艾沙

雨下得很大，跟那天的雨一样大。

路面上的雨水哗哗地向下水道的方向流去。

哈瑞趴在马路上一动不动，自从爷爷消失以后，它的腿脚和眼睛、耳朵似乎都退化了，没有力气，也听不见尖厉的车喇叭声，也看不见呼啸而至的车辆。

但是，有些事，有些人，它还记忆犹新。

那天爷爷带它出来的时候，天空晴朗得连一丝云都没有，"是个好天气！"爷爷拍着它的背，到现在，它甚至还能感受到那布满老茧的大手的温度，热热的，暖暖的。

正是这只大手，在三年前将它从野外抱回了家，那时它冻得像个冰块，它记得主人临走时，将绳子系在那根歪脖树上的时候，眼神里闪过一丝愧疚。

"对不起。"主人看着它。

它不明白，主人为什么要抛下自己，从它记事时起，它就一直生活在那个家里，家里的人都爱它，给它吃昂贵的狗粮，给它买最好的宠物玩具，还带它去最好的草地溜达。

可是，爱它的人最终抛弃了它。

自从主人的妻子怀孕后，家人对它便变得冷漠起来，主人对它也不闻不问，好像它的存在显得有些多余。

它记得之前，这家人是离不开它的。

几乎每个人回家后，都会陪它玩耍一番。

它以为，它也是他们的一分子。

它知道，主人为什么会驾车到几公里以外，将它扔弃。

那是因为，他怕它会找回到家里。

可是，即使将它扔得再远，只要它想回到那个家，一切都不是那么困难，狗的嗅觉和记路能力是超乎想象的。

它冻得全身发抖，像这种荒郊野外，难觅人的影子。

主人驾车离去的时候，它拼命地吠叫着，想让他回头，即便是一抹留恋的目光，对它也是一种安慰。

它坚信主人是爱它的。

可是他没有回头，开着车扬长而去，绝情而果断。

它绝望地朝天空嚎叫了几声，心碎而悲痛。

那一天，它觉得时间特别漫长，烦躁不安地围着那棵歪脖树转来转去，直到系在颈上的绳索缠在了树上，越来越紧，它才安静了下来。

它不停地朝远处的地平线上张望，等待一个后悔做出决定的主人身影，会来接它回去，回到他们的身边。

直到夜幕降临，主人仍然没有出现。

万念俱灰的它意识到自己是真的被抛弃了。

夜晚的气温也越来越低，它蜷缩着身子，任凭冰凉的鼻水不断地从鼻间淌出，没有什么比它的心情更糟糕的了。

就在它快要冻僵的时候，一双温暖的大手抱起了它，那不是主人的手，它能感受这一点。

主人的手细嫩而柔软，这个人的手厚重、粗糙而温暖。

虽然能温暖它的身子，可是温暖不了它的心。

被主人抛弃的事实充斥着它的大脑，它是那么爱主人，热爱他的家以及他的家人，甚至它还以为那也是它的家人。

它无法面对残酷的现实。

"可怜的小家伙，都快被冻坏了！"大手抱着它，紧贴在一个更加温暖的胸膛。

它闻到一股难以形容的气味，类似于汗味夹杂着垃圾的味道。

这不是它所熟悉的气味。

夜很黑，它木讷地抬起头，看见一张清晰而布满褶皱的脸，沧桑而老迈，那是一位拾荒的老人，他正不停地揉搓着它的身体，想让它的身子暖和起来。

"刚才吓了我一跳，我还以为是只狼崽呢！原来是只狗，这么干净漂亮的狗，弄丢了主人一定很着急！"老人的手触摸到了绳索，似乎明白了什么。

他没有再说话，只是抱着它，拎着自己的垃圾袋朝不远处亮着灯的破旧小屋走去，那是一座被荒废的旧仓库。

就是那里，最后成了哈瑞最温暖的家。

爷爷爱它，即使它和他在一起，没有吃到昂贵的狗粮，也没有精致的玩具玩耍，更没有舒适的草地溜达。

它能吃到的只是普通的白饭和青菜，馒头和咸菜，偶尔爷爷会给它买根火腿肠，让它解解馋。

如果它愿意，爷爷拾回来的矿泉水瓶子、纸皮箱、旧报纸都可以变成玩具。

至于溜达的地方嘛，那可就大了，因为爷爷无论去哪里，都会带上哈瑞，也就是爷爷不管走到哪，哈瑞就会跟到哪。

他们形影不离。

那天出门的时候，它记得爷爷说："哈瑞，等爷爷再攒点钱，就可以给你办个狗证了。有了狗证，你就是合法的狗，别人也不敢欺负你，就算你走丢了，也会有人把你送回来，不用

再担惊受怕了。"

汪，汪！哈瑞叫了两声，它是想说：爷爷，我不想要什么狗证，我只想你平平安安、健健康康。

爷爷听不懂它的话，可是懂它的意思。

它跟着爷爷，一条街道、一条街道地走着。

每到一个垃圾桶，爷爷便会弯下身子在里面拾掇一番，它会跑到下一个垃圾桶里探索，发现"目标"便会大声吠叫。

爷爷会笑着拍拍它的头，夸奖它，"好哈瑞！"

累了，它和爷爷会坐在花坛的沿上休息一会儿，这时候，爷爷总会先取出一个小碗，往里面倒点水，搁在它的面前。

让它先喝完，然后自己再喝。

饿了，爷爷会掏出大白馒头，然后掰开，把多的那份递给哈瑞。

虽然白馒头没什么滋味，可是哈瑞却吃得津津有味。

有时候，它会调皮地往爷爷身上扑，将两只大爪子搭在爷爷的肩膀上，然后趁爷爷不注意，伸出湿腻腻的舌头，舔一下他的脸。

"哈哈，好了，哈瑞，爷爷脸上全是汗！"爷爷嘴上这么说，可是却从来没有推开过它。

可是那天为什么会下雨呢？好好的天，说变就变了。

雨下得很大，大得让他们来不及避雨。

它知道，年迈的爷爷一直腿脚不便，每次过马路，总会遵守交通规则，一直等到绿灯亮了，才会走到对面。

那一天，一切都很正常。

绿灯亮了，爷爷带着它准备安然地走过马路，谁知道就在这时，有一辆车突然冲出来。

哈瑞看见爷爷倒下了，如一座大山般，倒在地上的雨水中，溅起无数银白色的水花。

许多人止步，围了过来，行驶的车辆也都纷纷停了下来。

警笛声和救护车声混杂在一起，让人心烦意乱。

爷爷躺在那里，像睡着了似的，一动不动，可是他的眼睛是睁开的。

哈瑞冲上前死死地咬住爷爷的衣服，想把他带到安静一点的地方，可是有人阻止了它，他们将爷爷抬进了一辆车里，随后便带走了。

哈瑞追那辆车跑了很远，很远。

当车停在一个高楼环拥的院子里时，它看见他们将爷爷又从车上抬了下来。

它想冲上前，叫醒爷爷该回家了。

保安走上前，想把它赶走。

它怎么能走呢？爷爷还在里面呢。

它不肯离去，最后保安粗鲁地对它踢了一脚。

它忘记了痛。

眼睛紧紧地盯着爷爷被抬进去的地方，期望着爷爷能够像以往一样，乐呵呵地从里面走出来。

可是，爷爷再也没有出来。

刚开始，哈瑞还抱有一线希望，也许，从医院出来的爷爷会先回家。

于是，它一路狂奔，回到了家里。

然后静静地等着爷爷回来。

可是一个星期过去了，爷爷仍然没有回来。

也许爷爷会像以往一样，去捡废品了。

于是，它沿着爷爷平时行走的路线，找遍了所有的垃圾桶，嗅遍了每一个熟悉的角落，却依然没有看见他的身影。

最后，它落寞地回到了爷爷倒下的地方，看着四周拉起的防护带，它似乎明白了什么。

它呜咽着，静静地趴在那里。

忘记了从身边呼啸而过的车辆，也忘记了行色匆匆的人群。

有人看见它，会驻足，露出同情的目光；也有人会露出诧异的目光，向路人问询缘由。

它的身旁经常会有人扔来面包、饼干，甚至还有饮用水。

"这只狗真可怜！"

"天天这样，也不是个办法！"

…………

刚开始，人们路过它身旁的时候，总是议论纷纷。

渐渐地，人们似乎熟悉了它的存在，也熟悉了它的故事，很少再有人驻足。可是在它的面前，仍然会堆满许多食物。

不过，这些毫无意义，它都熟视无睹。

最后这些吃的全被环卫工人打扫干净后，扔进了垃圾桶。

它已经忘记了肚子饿是什么感觉。

它在等待。

等待那个爱它的爷爷回来。

没有了他，它觉得自己的生命也没有意义。

即使等待没有希望，它也愿意一直等下去。

有个小女孩，黄色鬈发的那个，其实它看见她了，总是远远地隔着校车的窗户看着它，昨晚，她还在垃圾桶旁放了一盒便当。

它在半夜起身的时候，看见了。

那是喷香的蛋炒饭，里面除了鸡蛋，还有玉米、胡萝卜，还有葱花。

爷爷爱吃蛋炒饭，它也爱吃。

只不过，爷爷炒的蛋炒饭里，鸡蛋很少，没有玉米，也没有胡萝卜，可却是世界上最美味、最可口的蛋炒饭。

是的，爷爷！

哈瑞鼻子一阵发酸，它看了一眼蛋炒饭，最后转过身子，朝喷泉池走去，喝了几口发涩的水，便又回到了原来的位置，一动也不动。

雨一直在下，没完没了。

它讨厌雨天，讨厌马路，讨厌车辆。

清晨，当那辆校车再次驶过的时候，车窗前人头攒动，其中就有那个小女孩，朝它不停地张望。

"艾沙，你在看什么啊！"一个胖男孩的脸也挤到了车窗前。

　　"没，没看什么！"小女孩把他推开了。

　　艾沙，一定就是那个小女孩的名字。

　　可是与它有什么关系呢？

　　哈瑞依然趴在那里。

　　过往的车辆，行走的人群，喧闹的城市。

　　这一切，都与它无关。

请你们

不要伤害**它**

CHAPTER 3

第三章

妈妈又在加班，今天爸爸回来得挺准时，艾沙刚一回家，便闻到了饭菜的香味。

"宝贝，这一阵子辛苦你了，今天爸爸亲自下厨，给你们娘俩做了好吃的。"系着围裙的爸爸从厨房走了出来，满脸堆着笑。

餐桌上有红烧鱼块，土豆炖排骨，全是艾沙和妈妈最爱吃的菜。

"谢谢爸爸！"艾沙走上前，给了他一个大大的拥抱。

吃饭的时候，艾沙有些心不在焉，看着香喷喷的鱼块和排骨，她心里想：它应该也爱吃这些吧！

爸爸给她夹了一块排骨，关心地问："宝贝，你在想什么？"

艾沙的思绪被拉了回来，她笑着说："没有，没有想什么。"

以往，艾沙至少会吃五块排骨，可是今天，她只吃了一小块，她想多余的四块排骨，可以分成两份，留三块给妈妈，留一块给它。

其实爸爸知道她的心思，女儿脸上的细微表情变化都逃不过父亲的眼睛。

艾沙提着便当出门了。

一轮大大的圆形皎月孤单地高挂在城市的上空，它的光彩被城市的霓虹灯淹没了。

街上的人依然稀少，艾沙轻哼着歌，快步地走着。

到了十字路口，她远远地看见了那只狗，沾染了一天的灰尘，一定更脏了吧？肚子也一定更饿了吧。

她走到垃圾桶边，不由得惊呆了。

原先放的便当一动不动地躺在那里，它竟然没有吃。

艾沙觉得心里有些难过，照这样下去，它能坚持多久呢？

好心的环卫工人，没有清扫她的便当，是因为知道她是个善良的好姑娘，知道她想救它。

艾沙用新的便当盒换下了昨天的便当盒，便转身离去。

她知道这样做，也许根本不会博得那只狗的好感，甚至不会获得一个感激的眼神。

可是，她会坚持这么做。

艾沙给妈妈送完饭后，便回到了家。

爸爸从她落寞的脸上看出了端倪，他想安慰她几句，并且告诉她，无论是人，还是狗，受伤的心都需要时间来愈合，所以要学会等待。

可是走到她的房门口，爸爸却停下了脚步。

他选择将女儿交给时间，让时间来教会她这些东西。

周末的上午时光，艾沙是在图书馆度过的，她喜欢这里的环境，也喜欢这里浓浓的阅读氛围。

"艾沙！"郭丽丽抱着小山似的书，朝她挥手。

"这么多的书？你该不会一整天都想宅在这里吧！"艾沙好奇地问。

"当然不是了，我是想有多一些选择，万一发现有些书不好看，又要去书架重新找，重新换，太麻烦了，这样多好，不好看，随手就可以换掉。"郭丽丽笑着说。

艾沙理解地点点头，继而低下头，继续看手中的书。

她在这里看了大半天的书，只有在这里，才能感觉到时间的飞逝。

看完一两本书，便已经到晌午了。

此刻肚子饥肠辘辘，幸好郭丽丽带了两块慕斯蛋糕，可以充饥。

出了图书馆，两个人的家刚好在同一个方向，于是走的路线，也是一样的。

不远处的十字路口，人声鼎沸，还夹杂着孩子们的尖叫声。

艾沙的心悬到了喉咙口，那是她熟悉的路口。

"艾沙，快看，是李斯理……"郭丽丽惊叫一声，她看见李斯理和几个男生往狗身上扔番茄，最后还在狗的尾巴上点燃了一小团火，发出了得意的哄笑声。

"糟了，肯定是那只狗！"艾沙心里一沉。

拼命地朝前狂跑，她看见那只狗，那只可怜的狗趴在地上，即使尾巴被点燃了，依然一动不动。

那些男生们哄然大笑的面容，在她看来，十分狰狞恐怖。

那只狗，难道它不痛吗？

艾沙心里的难过无法言喻。

她不知道哪来的力气，一口气把四五个男生，包括李斯理，全掀翻在地上，然后用手去拍灭那火花。

她的手烫得生痛，她知道它一定更痛。

李斯理气冲冲地从地上爬了起来，捏着拳头冲了过来，郭丽丽一把扯下他的外套，帮助艾沙，去扑狗尾巴的火。

"我的衣服！"李斯理歇斯底里地吼叫着。

狗尾巴上的火，终于扑灭了，尾尖被烧焦了，露出鲜红的肉，可是它一动也不动，似乎受伤的不是它。

看着受伤的狗，艾沙的眼泪像滚豆子似的从眼眶滑落，她的手被烫出了好几个水泡，可是她完全不在乎，她紧紧地抱着那只狗。

"请你们不要再伤害它了！"

她一脸乞求的样子，让在场的男生有些动容。

李斯理不服气地噘着嘴。

"全是他出的主意！"其他几个男生手指向李斯理，"他说尾巴点燃后，狗会疼得离开这里。"

艾沙泪眼模糊地瞪着李斯理，"它够可怜了，难道你还要再伤害它吗？它不吃不喝，天天趴在这里，你知道是为什么吗？它在等它的主人，可是它的主人根本回不来了，它有多伤心欲绝，甚至连你们烧它的尾巴，它都感觉不到了，你们这群可恶的家伙！"她哽咽着。

"现在你理解这种伤心欲绝的感受了？"郭丽丽把李斯理的衣服扔给了他，上面烧出了两个大窟窿，"是不是有点后悔莫及？给，你的名牌衣服。"

李斯理没有伸手去接衣服，他的嘴角抽动了几下，并不是在意那件被烧破的衣服，而是他从来没有看见艾沙哭得这么伤心。

即使小时候，他把她漂亮的马尾辫给剪了，她也没有哭成这样。

"只是一只狗，没必要吧。"他一边嘟哝着，一边拎起地上的衣服，朝后退去。

其他的男生见状，一哄而散。

"咱们把它抱到马路旁边吧，我去我妈妈那里拿点消炎水。"艾沙抹了一把泪，表现得很坚强。

郭丽丽点头同意，她和艾沙使出浑身的力气，将那只狗抬到了马路旁边。

奇怪的是，那只狗虽然眼神茫然，可是却没有挣扎。

艾沙迅速跑到医院，找妈妈要纱布和消炎药，妈妈诧异地问她："谁受伤了？"

"只是一只小动物，妈妈。"艾沙说。

"你的手……"妈妈硬掰开她的手，看着掌心中的几个小水泡，她心疼得快要掉眼泪了，"艾沙，这是怎么弄的？不要再煮饭了，妈妈不是给你留了钱吗？你可以叫外卖的。"

妈妈还以为她是做饭时不小心弄的。

"嗯，我知道了，妈妈。这一点也不疼，下次我会小心的。"她安慰着妈妈。

妈妈这才放心地点点头。

大概过了十分钟，艾沙便一路小跑回来了，她的脸颊绯红，气喘吁吁。郭丽丽不敢给受伤的狗上药，她有些胆怯，害怕狗会咬人。

艾沙小心翼翼地将消炎水涂抹在狗的尾巴上，尽管她的动作非常轻柔，可是狗的身子还是猛地颤抖了一下，原来它知道痛。

擦完消炎水，艾沙又给它的尾巴绑好了纱布，还系了一个漂亮的蝴蝶结。

"这样就不难看了！"做完这一切，艾沙终于露出了笑容。

那只狗摇摇晃晃地站了起来，最后还是朝马路中间走去，又趴回在原处，一动不动，只是它尾巴上的纱布蝴蝶结显得非常夺目。

艾沙并不觉得奇怪，她欣慰地看了它一眼，然后和郭丽丽一块离开了。

李斯理站在艾沙家门口等着艾沙。

他的脑海里不停地闪现着艾沙哭泣的画面，这让他感到很不安。

艾沙老远就看见他了，她无法原谅他今天对那只狗的所作所为，她从来没想到李斯理会干出这样的坏事，即使他非常爱捣蛋。

她可以忍受他剪她的头发，在她的抽屉里放蜈蚣，晚上在路上扮成"鬼"吓她，可是无法忍受他去欺负一只可怜的狗。

想起那只狗，艾沙就觉得心痛。

李斯理看见艾沙回来了，脸唰地就红了，艾沙哭泣的画面，一直在他脑海里挥之不去，害得他连晚饭也吃不下去，他有些尴尬地踢了一下脚边的小石头，刚刚在心里打了半天的草稿，准备想说的话，却突然像格式化了一样，删除了。

艾沙的确很生气！

他应该从她的脸上就看出来了，她的嘴是噘着的。

"艾……艾沙！"李斯理终于先开了口。

他摸了摸后脑勺，先是傻笑了几声，然后突然扭起了屁股，就像在班上为了逗大家开心，故意做的那套一样。

艾沙笑不出来。

"艾沙，你看我……"李斯理又开始卖弄，拿出了跳街舞的本领，即使他的模样很滑稽，可是艾沙仍然无动于衷。

"艾沙，我表演个魔术吧！"他又开始故弄玄虚。

艾沙推开他，径自朝家走去。

"对不起，艾沙。其实我是闹着玩的，我以为狗的尾巴着火后，就会爬起来逃走，这样总比它有一天躺在马路中间被撞死好吧。"李斯理不知道自己为什么要和艾沙解释，以往他干了坏事，对别人的态度可以完全置之不理。

他只知道今天不一样，今天的艾沙哭得很伤心。

"我没拿石头砸它，我只是用番茄砸了它，这个是软的，砸得一点也不疼，不信你砸我试试！"李斯理的手里不知何时多了一个番茄。

艾沙仍然不为所动。

她是真的生气了，至少在他的眼里，艾沙从来没有这样生气过。

李斯理无招可施，"好吧，艾沙，我知道你没法原谅我，反正我已经跟你道歉了。"他悻悻地从艾沙身边绕过，准备回去。

艾沙终于开口叫住了他，"李斯理，你需要道歉的对象不是我，而是那只狗。"

李斯理听了她的话，吃惊得差点从地上蹦了起来。

"你说什么呢，艾沙，你竟然让我跟一只狗道歉！"

"是的，你伤害了它！"艾沙说。

李斯理觉得艾沙在故意刁难他，可是艾沙说的是真心话。不管怎么样，反正艾沙已经理他了。

"好吧，即使我跟它道歉，它听得懂吗？它会对我说'没关系'或者'我原谅你吗'？"李斯理愤愤不平地说，"如果它不能，我拒绝道歉。"

艾沙看着他，"至少它能感觉到你的诚意。"

李斯理气急败坏地又踢了一下脚旁的那块小石头，"真是见鬼，你竟然要我跟一只狗道歉。"

虽然感到有些不可理喻，可是李斯理还是妥协了。

"好吧，好吧，艾沙！如果我去跟狗道歉，你就会原谅我，对吧？"李斯理不确定地看着艾沙。

艾沙点点头。

李斯理硬着头皮朝十字路口走去，艾沙跟在他的身后。

两个人，就这样，一前一后。

到了十字路口，终于看见了那只狗，李斯理东瞅西瞅，四周环顾了一遍，确定没有认识的人，最后看见亮了绿灯，迅速走到了狗的面前，低低地说了一声：对不起！

狗没有反应，还是保持着原有的姿势。

他站起身，从容不迫地，昂首挺胸地走了回来，就像什么事也没发生一样。

艾沙的嘴角露出了上弧线，依然那么甜美。

李斯理走到她身旁，红着脸说："今天的事，不许告诉别人，你得替我保密。"

"放心吧，我会的。"艾沙点点头。

"嗨，你感受到李斯理的歉意了吗？"艾沙看着不远处的狗。

我不需要
你的保护

雨停了，可是来往的行人和车辆没有停，依然穿梭着。

城市里就是这样，车水马龙。

哈瑞趴在马路上，眼睛漠然地直视着前方。

那个女孩，她又来了。

和昨晚一样，她把新便当放在垃圾桶旁边，然后就走了。

半夜时分，它像以往一样，挣扎着从地上爬了起来，当它看见垃圾桶旁的新便当时，没有理会，直接将头伸进了垃圾桶里。

那便当里装着令人垂涎的红烧排骨，可是在它眼里，却无色无味，它喜欢闻垃圾的味道，就像爷爷身上的气味一样，令它熟悉，仿佛爷爷从未离去。

它悲伤地看着马路中间醒目的斑马线，就在那里，爷爷倒下了。

眼睛有些酸涩，就像干涸的河塘。

如果早知道这一切，它宁愿在那一刻，迅速冲上前，挡在爷爷的前面。

可是它，怎么比得上一个醉驾的超速呢？

它只是一只普通的狗，不能先知先觉，没有超能力。

它记得每次出门的时候，爷爷总会叮嘱它：哈瑞，过马路要紧跟着爷爷，不能盲目地过去，有时候，这车啊，不长眼睛的。

这句话真的被爷爷说中了。

车真的没有长眼睛，可是人长了眼睛啊！

　　为什么，为什么还会出现这样的事呢？

　　它不明白，也不理解。

　　走到喷泉池，低下头准备喝水的时候，它看见了水中自己的倒影，那是一只瘦弱的、疲惫不堪的狗，面容憔悴，浑身脏兮兮的。

　　它是谁？

　　它不知道，也不认识，更没心情理会。

它将爪子放进了冰凉的水里，每次它帮助爷爷在垃圾桶里翻寻完废品的时候，爷爷总会把它带到这里，将它的四只爪子洗得干干净净。

那个时候，它感觉自己精力充沛，每天都有使不完的力气，一口气可以帮助爷爷翻寻几条街的垃圾桶。

现在，它觉得身体很沉重，每挪动一步，感觉都是那么艰难。有多少天没有吃饭了，它不记得。它只记得，爷爷离开它的时间越来越长。

天又黑了，马路上的车灯就像在黑夜里移动的流星，从它身旁划过。

黑夜过去了，白昼就会来临。

天空就是这样，一会儿是白昼，一会儿是黑夜，轮流交替。

它静静地微闭上眼睛，好像在接受命运的审判。

渐渐地，路上的行人和车辆少了，四周静寂得只能听见自己微弱的心跳声。

它看见了爷爷，仍然一脸慈祥的笑容，就站在马路中间，距离它不远的地方，像以往一样，一只手拎着塑料袋，一只手拿着大钳子。

"哈瑞，我的好孩子！"爷爷叫了它一声。

它发出低低的呜咽声，像在哭泣，又像在撒娇，更像是一个委屈的孩子，不知道哪来的力气从地上一跃而起，扑进了爷爷的怀里。

多么温暖的怀抱，多么熟悉的怀抱。

爷爷的大手抚摸着它，还是那么踏实，那么温暖。

"哈瑞，我的好孩子！"爷爷心疼地看着它。

爷爷回来了,爷爷真的回来了,哈瑞高兴得在地上转着圈,它拽着爷爷的衣服,让他跟它一块回家,终于,它要告别这条马路了。

"哈瑞,我的好孩子! 你要坚强,你要活下去。"

爷爷却并不着急,只是满怀爱怜地望着它。

哈瑞看见爷爷的身子变得像轻烟,慢慢地升上了天空,自己怎么抓也抓不住,它焦急地吠叫着。

爷爷,别离开我!

嘀! 一阵刺耳的车喇叭声传了过来。

哈瑞睁开眼睛,马路上的行人和车辆不知道何时,又多了起来。

天已经亮了。

原来刚才发生的一切,只是一个梦。

梦? 它记得自己从来不做梦的。

它抬起头,朝天空看了看,刚好有一架飞机飞过,天空干净得连丝云彩也没有,上面没有爷爷的身影。

一群嬉闹的孩子站在不远处,其中有一张熟悉的面孔,就是那个小胖子,它记得他经常也会和那个女孩一样,挤到校车的车窗前,然后女孩总是会推开他。

小胖子和那群孩子一直注视着它,眼神有些不怀好意。

过了一会儿,他们走了过来,其中一个男孩迟疑了一会儿,便上前试探性地用脚踢了踢它。

"小心它会咬你哦! 小心得狂犬病哦。"男孩们起哄。

"我才不怕呢! "那男孩叫嚣,"要不要再踢一遍给你们看啊。"

紧接着,小胖子也走到它的旁边,将手里的东西砸向了它。

它看见那东西滚落到地上，流出红色的汁水。

"哈哈，好玩，好玩！"小胖子兴奋地大叫着，他冲着身后的孩子们喊了一声，"你们站着干吗，砸啊！"

咚，咚，咚！

许多东西砸落在它的头上、身上，它还是没有动。

它感觉一股冰凉的汁水从头上、身上流了下来，它的置之不理让孩子们的行为更加恶劣了。

"怎么会没反应呢？"小胖子皱着眉头，眼珠子不停地转溜，"咱们在它的尾巴上绑个酒精布，然后点燃，怎么样？"

"它肯定会害怕得到处乱窜，像只无头苍蝇一样。"一个男孩说。

小胖子满意地点点头，"咱们就这么办，它肯定会疼得跑到人行道上去的。"

于是小胖子不知道在哪弄来了一块酒精布，然后绑在了它的尾巴上。

其间，打扫的环卫工人看见他们老围着它，呵斥了几声：不许欺负那只狗哦！到一边玩去。

他们没有离开，趁环卫工人不注意，几个小男孩拿出打火机，在靠近它尾巴的时候，倏地又缩了回去。

"我来！"小胖子自告奋勇地夺过其中一个小男孩的打火机，便上前点燃了它的尾巴。

它闻到一股煳味，尾巴尖梢火辣辣的痛。

可是这种痛，和失去爷爷的痛根本无法相比。

它趴在那里，还是没有动弹。

爷爷，爷爷，你在哪里？

它望着前方，多么希望爷爷能够出现。

那个女孩，那个为它送便当的女孩，从人群中跑了过来，她推开了那些男生们，惊慌失措地半跪在地上，用双手去拍灭它尾巴上的火苗。

它知道她的手一定受伤了。

这时那个女孩的朋友，另一个小女孩怒气冲冲地扒下小胖子的外套，然后将它尾巴上的火给扑灭了。

"请你们不要伤害它！"小女孩紧紧地抱着它，哭着对那些男生说。

它虽然没有动弹，可是心里却微微一颤，她小小的臂弯竟然有着炽热的温度，像爷爷的大手那般温暖。

可是，她不是爷爷，不是那个与它朝夕相处的人。

而且，它不需要她的保护，也不需要别人的同情。

小女孩和她的同伴想把受伤的它抬到马路对面去，它本想挣扎，可是却放弃了。

不知道为什么！

小女孩哭泣的模样，像烙印一样印在了它的心里。

它不需要她的同情，不需要她的帮助，可是它无法拒绝她的善良。

女孩拿来了药水和纱布，轻轻地帮它涂抹。

疼！那药水渗进伤口，像抹了盐般地疼。

它不由得抖动了一下，它记得这种感觉。

那是去年的夏天，爷爷带着它正在垃圾旁拾掇废品，突然看见有一个男子走到一位背包的妇女面前，抢了她的包就跑。

是小偷！爷爷惊叫一声，然后伸出脚，绊倒了那个男子。

那个男子爬起身，拿出一把尖刀朝爷爷刺去。

爷爷有危险！情急之中，它一跃而起，狠狠地咬住了男子的大腿，男子疼得举起刀，朝它刺了过去。

它仍然不松口，直到小偷疼得倒在了地上，赶来的警察给他戴了手铐，它才松开了嘴巴。

最后，包物归原主，妇女激动地说："老人家，多亏了您和您的狗！"她从包里取出一沓钱，朝爷爷的怀里塞去，"这些钱您拿去给狗养伤吧。"

"不，不用了！"爷爷把钱还给了她，一脸焦急地抱着它，去超市里买了一袋盐，急匆匆地回到家，掺着温水，给它擦洗着。

它的背受伤了，伤口有多大，它不知道，不过它闻到了血腥味，看见自己金色的毛变成了血红色。

疼，它疼得嗷嗷叫了起来，然后站起身，不愿让爷爷再触碰伤口。

"好孩子，是有些疼！"爷爷心疼不已，"如果不消毒，这伤口会烂掉的。"伤在它的身上，痛在爷爷的心里。

它看见爷爷的眼角湿润，嘴唇一直抖动着。

它听话地躺在地上，让爷爷继续清洗伤口。

那一晚，爷爷一宿未睡，不停地给它揉搓着身体，他说这样就能促进血液循环，让伤口恢复得快一些。

哦，爷爷，爷爷！

它感觉自己的胸口像被什么堵住了一样，女孩帮它包扎好了伤口，还精心地打了一个蝴蝶结。

它站起身，默默地回到了原先的位置，静静地躺在那里。

女孩什么时候离开的，它不知道。

它不会让别人再驻扎到心里，因为它的心里已经装满了爷爷，容不下别人了。

好像有点凉了，它趴在地上，感觉全身凉飕飕的，不知道是它的心凉了，还是天气的原因。

今夜，它还会做梦吗？还会梦到爷爷吗？

后来，那个小胖子又来了，这一次他不再是趾高气扬，而是低垂着头，女孩跟在他的身后。

小胖子走到路口，犹豫不决地朝四周张望着。

不久便走到了它的身旁，似乎有话对它说，可是又有些害羞，难以启齿的样子。

最后，终于鼓足勇气说了一句："对不起。"

随即，走到那女孩的身旁，嘀咕了几句，就离开了。

原来，他是来说"对不起"的。

它无暇理会这些，而且这些也不重要了。

它的眼里、心里、脑海里，全是爷爷，它的爷爷。

不知道小胖子跟女孩说了什么，女孩笑了，笑得很美，很甜。

它虽然凝望着远方。

但是，它看见了。

请你不要再来了！我，不需要你的保护！它想对那个女孩说。

我可以
做你的朋友吗

天气渐渐转凉了，尤其是早上的风，吹得脖子和裸露的手臂有些发冷。

秋天悄然无息地来了。

妈妈用一天休假的时间，将夏季的衣服整理好，打包装进了箱子里，然后将秋天的衣服全部挂在柜子里，她总是想得很周到。

妈妈在整理衣服的时候，艾沙看见了一件超小号的婴儿服，上面用红线绣着两个字"艾沙"，她轻抚着那两个字，微微有些发呆。

"如果你喜欢，我就挂在外面吧！"妈妈笑着说。

"不，我已经长大了！"艾沙甜甜一笑，把衣服放进了箱子里，然后搂着妈妈的脖子，"妈妈，我爱你。"

"傻孩子！"妈妈怜爱地说。

艾沙换上了长袖的衣服，这样感觉暖和多了。

校车依然每天准时地停在家门口，艾沙会像以往一样，每次都挤到车窗前。

那只狗仍然趴在十字路口，一动不动。

它的身体越来越虚弱，看上去似乎快不行了，脑袋耷拉着，毫无精神。

"艾沙，它会不会死啊？"郭丽丽望着车窗外面。

"不知道！"艾沙心里很难过。

她送的便当，那只狗一次也没有吃过，即便如此，她仍然坚持着。

它在等待！

她也在等待！

李斯理还是一贯淘气的样子，不过面对艾沙，他比以前收敛了许多。也许他是害怕女生哭吧，对他而言，女生哭的样子比什么都可怕。

他嬉皮笑脸地挤到艾沙面前，问了一句莫名其妙的话，"艾沙，为什么你爸爸姓莫，你妈妈姓秦，而你姓艾呢？"

"你猜呢？"艾沙故作神秘。

李斯理被问倒了，他挠挠后脑勺，摇了摇头。

"这是我自己的姓！"艾沙笑着说。

"哦！"李斯理傻笑着，没想到艾沙这么有个性，连姓也可以自己决定，"我就没你这么幸运了，如果改了姓，估计我爸肯定会满街追着来揍我。"

看见艾沙的视线飘移到窗外，他也凑了过来，"也许它需要一件衣服！"

"那你介意把你的衣服送给它吗？"郭丽丽推开了他。

"我的衣服？"李斯理嗤之以鼻，"我的衣服可都是名牌，很贵的。不过你的围巾看上去倒是挺暖和，不如就送给它吧，这样既可以当衣服，又可以当毛毯……"他调皮地将郭丽丽脖子的围巾给拽了下来，然后转身朝车上的另一个男生扔去。

车上一阵嬉笑，男生们将郭丽丽的围巾抛来抛去，像玩排球似的。

郭丽丽气得直跺脚。

司机回过头大声呵斥了一声："都坐好。"

这些男生们这才稍稍安静了下来，不过围巾却继续在空中无声地抛来抛去。

"李斯理……"艾沙终于忍不住了，杏眼圆瞪。

这一声有足够的威慑力，李斯理愕然地看着她，随即老实地从另一个男生手中，夺过围巾递给了郭丽丽，然后红着脸坐在那儿一言不发。

艾沙吃了火药吗？最近的脾气越来越坏！他想。

课堂上，艾沙老走神，她总会不经意间想起那只狗，她感到有些恐惧，最主要的原因，是怕那只狗会死掉。

如果举办个类似于真人秀或达人秀这样的节目，在里面找出一个和狗的主人一模一样的人，那它，一定就有了活下去的勇气。

应该不可能。

狗是凭气味来识别主人的，每一个人身上的气味，就像手指上的螺纹一样，没有相同的。

"艾沙……"老师连叫了三声，艾沙才反应过来，她手足无措地站起身，面对老师的提问，一脸的茫然。

"注意听课，不要走神！"善解人意的老师看了她一眼。

李斯理冲她做了一个鬼脸。

艾沙翻开课本书，集中精神听老师讲课，不再去想那只狗，至少在课堂上。

晚上，艾沙问妈妈，有没有多余的围巾？

妈妈想了一会儿，说刚好有一条，那条围巾被老鼠啃了一个小洞，无法再修补，可是她又舍不得扔，就一直搁在那儿。

"那就拿给我吧！"艾沙说。

妈妈找出了那条围巾，是漂亮的粉红色，绒绒的，贴在脸上很舒服。

"谢谢妈妈！我出去一会儿就回来。"艾沙接过围巾，亲吻了一下妈妈的脸颊。

她从冰箱里取出一瓶牛奶，这是爸爸妈妈为她订的牛奶，每天一瓶，她想带给那只狗。

带着围巾和牛奶，她欢快地出门了。

"艾沙要用那条围巾干什么？"妈妈一脸疑惑。

"肯定是有用途的。"爸爸笑着说。

天气真的有些凉了，艾沙裹紧了衣领，朝前跑去。

李斯理和其他几个男生正在外面玩陀螺，看见艾沙抱着东西跑了过来，立即拦住了她，"那是什么东西？给我看看！"他指了指艾沙的怀里。

"不告诉你！"艾沙绕开了他。

"不告诉我，我就跟着你！"李斯理扔掉了手中的陀螺，跟在艾沙的身后，就像跟屁虫那样。

"你烦不烦？"艾沙停下了脚步。

李斯理得意地高抬着下巴，"现在可以告诉我了吧？"

"这只是一条围巾，还有一瓶牛奶。"艾沙气呼呼地递给他看。

李斯理凑上前，看了看，模样有些失望，他还以为里面会有一只小仓鼠什么的呢。

"这是给那只狗的吗？"李斯理问。

艾沙没有回答，抱着围巾和牛奶准备离开。

"艾沙，你把牛奶给狗喝了，你喝什么？"李斯理看着她。

他知道他们家的奶箱里，每天只有一瓶牛奶，那是给艾沙喝的。

艾沙走了，似乎没有听见他说的话。

"女生真麻烦！这么晚了还一个人上街，她应该需要一个保镖，至少要像我这么强壮！"李斯理扭动着胖胖的身体，有些矛盾地看了看同伴，又看了看艾沙的背影，最后索性一低头，便跟了上去。

艾沙走得很快，没多久，李斯理被她抛下了很长的一段距离。

秋天的夜，多了一分萧条，路上的行人更少了，平常干净的街道，总会不经意间飘来一些枯黄的树叶，好像不停地提醒着路人，秋天来了。

到了十字路口，艾沙等待着红绿灯。

大汗淋漓的李斯理半蹲在不远处的地上歇息，这真是一个苦力活，而且毫无报酬。

十字路口的那只狗，看起来毫无生气，整个身体变成了瘪瘪的皮囊，身上的毛色被肮脏的泥水、灰尘污染得混浊不堪，显得窘迫而死气沉沉。

它尾巴上的伤已经愈合，结出了粉红的肉痂。

这一点，让人感到些许欣慰。

绿灯亮了，艾沙走到了它的身边，它似乎浑然不觉。

她挨着它的身体坐下，一股难闻的腥臭在空气中弥散着。

"嗨！"她和它打了一声招呼，"我想你还不知道我的名字吧！我叫艾沙！"

它的情况看起来不太好，有些虚弱，连半眯的眼皮都没有动一下。

艾沙将围巾披在它的身上，围巾还真够大，刚好罩住了它的身子。

"这样就暖和多了！"她说。

身后的环卫工人走了过来，她是位好心的阿姨，一直在默默地关注着这只狗。

"估计快不行了！都二十多天了，一点东西也没有吃！"她摇摇头，脸上写满了无奈，"最近几天，它连水都没有喝了。"

环卫工人的话深深地触动了艾沙。

"如果你实在不想吃东西，就喝点奶吧！"艾沙取出牛奶，并体贴地拆开了包装，"不过别浪费，平常我会喝得一滴不剩！"

那只狗依然无动于衷。

艾沙将牛奶放在它的嘴巴旁边，这样它能更容易喝到。

"孩子，别老待在这儿，这儿不安全！等会红灯亮了，你得离开。"环卫工人要下班了，临走前，她叮嘱着艾沙。

艾沙点点头："阿姨再见。"

红灯亮了，车辆纷纷驶了过来，艾沙没有离开，还是坐在那只狗的身旁。

"你叫什么名字？"艾沙看着它，"我猜你一定有个好听的名字吧！"她伸出手，试探性地触碰了一下狗的身体。

那只狗突然咧开了嘴巴，就像复活的木乃伊似的，半抬着头，它的嘴巴里发出低低的咆哮声，像是在警告，让艾沙不要靠它太近。

艾沙吓了一跳，赶紧缩回了手。

不远处的李斯理看见这一幕，吓得掉头就跑，完全忘记了自己刚刚扮演的角色。不过没跑几步，他又折了回来，想想刚才自己的行为，不免有些内疚，还好艾沙没事，他又松了一口气。

"对不起，对不起！"艾沙站了起来。

那只狗看了她一眼，继而又趴在地上。

艾沙显得有些不知所措，"不要害怕，我不会伤害你的！我……我只想和你做朋友？你愿意做我的朋友吗？"她看着它。

狗没有回应。

"默认是不是代表同意？"艾沙仍然不死心，"哦，我知道了，你需要时间来考虑，对吧！这的确有点唐突！"

说完，她便继续坐在狗的身旁，不过，她刻意和它保持了一段距离。

路灯，车灯，交错辉映，一人一狗，就那么静静地坐着。

时间仿佛静止了一般。

等艾沙回到家的时候，已经快八点了，她洗完澡，便趴在床上看课外书，这时，门外传来了一阵沉闷的响声。

爸爸打开了门，看了看屋外。

艾沙也跳下床，跑到了门口。

她一眼发现了门口挂着的奶箱盖被撬开了，觉得有些奇怪，难道是偷奶贼吗？要偷应该早上来偷啊，这个偷奶贼看来已经饿晕了。

她走近一看，里面放着两瓶鲜牛奶。

今天的牛奶不是取了吗？怎么又多了两瓶？

"爸爸，这是怎么回事？"她转过身看着爸爸。

可是以家里的条件，根本不会多订这些奶，她感到有些疑惑。

爸爸看了看奶箱，又看了看锁，紧皱的眉头舒展开来，"我想是有人故意将牛奶放进来的，虽然是好心，不过动作有点粗鲁，我得花点时间好好修修这把锁了。"他好像知道是谁干的，而且一点也不生气。

可是艾沙不知道。

她鼓起腮帮，怒不可遏地环顾四周，突然看见对面二楼的窗户旁有个胖胖的身影闪了一下，随即，她便知道是谁了。

"偷窥狂！"艾沙冲他吐了吐舌头，转身笑着将两瓶牛奶拎进了屋里。

不，
我拒绝

不知道从什么时候开始，喷泉池里飘满了落叶，颜色由浅黄至深黄。

里面的水也变得浑浊。

哈瑞目光迟钝地看着水面，机械地伸出僵硬的舌头，舔了舔里面的水。

是苦，是涩？

它已经尝不出水的味道了。

它虚弱的四肢已支撑不了仅剩骨架的身躯。它有些站立不稳，喝水的时候险些跌进水里，水进了喉咙，凉，彻骨的凉，一直凉到了心眼里。

是季节变化了吗？

还是自己的心凉透了？

无力地半蹲在喷泉池旁，它发了一会儿呆。

也许这是它最后一次来喝水了，现在的它，就像苟延残喘的老人，奄奄一息。

喝完水，它蹒跚着回到了十字路口，趴在原处喘息。

它的身体越来越虚弱，以后，再也没力气去喝水了。

空中，有两只漆黑的乌鸦，拍着翅膀飞落到了它的身上，它们似乎闻到了死亡的气息，放肆地在它身旁跳来跳去。

就像跳蚤一样，让人心烦意乱。

让它们去吧！

哈瑞管不了这么多了，它的视线变得有些模糊，那些刺眼的车灯，伤害了它的眼睛。

但是，它知道校车每天都从这里经过，女孩也会一如既往地趴在车窗看它。

垃圾桶旁边的便当依然每天换着新花样，蛋炒饭、排骨、葱油饼、面条等等，这一次，它最后能走动的这一次，看见的便当是饺子。

一个个像嫩嫩的月牙儿，整齐又好看。

它吃过饺子，那是去年过年的时候，爷爷特地买了一些肉馅，然后开始和面包饺子。

煮好以后，爷爷总会分一大半给它，"哈瑞，你的功劳最大，应该多吃点。"

它总是迫不及待地咬上一口，烫得嘴巴生疼。

"别急，慢点吃！锅里还有！"爷爷拍着它的头，笑着说。

爷爷包的饺子馅多又大，外形不好看，可是吃得实在，一口咬下去，油花便会滋滋地溢出来，香味扑鼻。

在它眼里，那是世界上最美味的饺子。

是的，只要是爷爷做的饭菜，永远都是最好的。

爷爷、爷爷……

哈瑞慢慢地抬起头，在满天星空中，搜寻着爷爷的身影。

唰，它看见了一颗流星，快速划过天际，然后消失得无影无踪。

爷爷，你在哪里？

它半眯着眼睛，看了看天空，又看了看四周，现在只剩下灵活的眼珠了，身体已经像生了锈般的机器，转不动了。

无论雨天和晴天，小女孩都会过来，远远地看它一眼，放下便当就会离去。

她为什么要这么做？

哈瑞不知道，但是它知道，她的付出就像它的等待一样，毫无结果。

她和它一样固执。

一个拎着公文包的小伙子走了过来，他观察它有一段时间了。

他从包里掏出一块速食面包，走到跟前，将面包放在了它的旁边，"我知道你是一只忠诚的好狗，在这里守候着主人，可是他不会再回来了，跟我走吧！我想你会生活得比以前更好……正好我也缺一个伴。"

这句话他已经对它说过三遍了。

小伙子看见它无动于衷，不由得叹了一口气，转身离去。

之前，不乏相同目的的人，对它说过这样的话。

无论他们是出于同情或者好心，它都不会离开这里。

深夜，有两个不怀好意的狗贩子走了过来，他们的手里拿了根绳子，打量了它一番，最后踢了它两脚，"这瘦不拉叽的，没有餐馆会要的。"

他们头也不回地走了。

它想起了曾经有个潜进家的贼，爷爷正在睡梦中，没有察觉到家里来了陌生人。

任何细微的声响都逃不过它的耳朵。

它刚想吠叫，提醒爷爷。

嗖，一个又尖又细的东西扎进了它的身体里，接着它只能一动不动地躺在那儿，眼睁睁地看着那个贼一步步地朝他们逼近。

他想偷东西吗？

家里一贫如洗，什么也没有。

黑暗中，贼并没有去翻爷爷的东西，实际上也无任何东西可以翻。他朝它走了过来，那双贪婪的目光紧锁在自己的身上。

"还真的是金毛犬！这下可以卖个好价钱了。"

他得意地发出一声惊呼。

哈瑞感觉浑身疲软，它使不出力气。

"哎哟！"贼抱着脚，痛苦地蹲下身子。

他踩到了爷爷设置的"炸弹"，一些倒竖的图钉。

爷爷早就有防备，现在很多偷狗贼，要不把狗贱卖了，要不就杀掉卖狗肉。

贼的叫喊声，惊醒了爷爷，他抄起一根木棒，对准那个贼一阵乱打，贼痛得连声求饶，"老人家，您放过我吧，我再也不敢了。"

"为什么要对狗下手？狗通晓人性，除了不会说话，它啥都知道，跟人没两样，你们还有人性吗？"爷爷气愤地看着他。

最后，贼一瘸一拐、狼狈不堪地逃走了。

爷爷看着昏迷不醒的哈瑞，急坏了。

他抱着它，跌跌撞撞地朝市里的宠物医院跑去。

虽然城市里的灯光亮得像白昼，可是没有一家宠物医院是24小时营业。

爷爷抱着哈瑞，只好跑到了医院。

同样，被保安拦住了。

"求求你们，救救它吧。"爷爷带着哭腔哀求着。

一位好心的医生走了过来，在它的身上检查了一番，然后拨出了那根针，并对爷爷说："没事，是小剂量的麻醉剂，过一会儿，它自己会醒过来的。"

爷爷的嘴巴像个孩子似的瘪了下来，他哭了。

那一次，它深深感受到了爷爷的爱，是那么深沉。

一阵凉爽的风吹来，哈瑞打了个喷嚏。

如果不是这个喷嚏，它还以为自己已经死了。

哈瑞想起了它和爷爷的家，那个荒野外的旧仓库，虽然里面凌乱不堪，可是却十分温暖。

天冷的时候，爷爷会用塑料膜将有风的地方堵住。

他根本不知道，只要和他在一起，它就不会感觉冷。

可是爷爷老了，受一点风寒就会打喷嚏。

有一次半夜，爷爷发起了高烧，全身滚烫，躺在床上不停地呻吟，它不知道怎么办，不停地用舌头舔着爷爷的脸和额头，几乎舔了一夜。

看见爷爷痛苦的样子，它恨不得替他生病。

到了天亮，爷爷奇迹般地好了，烧也退了。

"哈瑞，我的好孩子，是你救了爷爷。"爷爷抱着它，老泪纵横。

哈瑞自己也不明白，它不停地用舌头去舔爷爷的脸和额头，无疑和人们常做的物理降温是一个道理。

以后，只要爷爷一打喷嚏，它总会伸出大舌头，去舔他的脸。

"哈瑞，爷爷没感冒呢，只是鼻子有点痒。"爷爷总会笑着说。

现在，是它打喷嚏了。

如果爷爷听见它打喷嚏，会不会过来抱抱它呢？

它低低地呜咽着，它在哭泣。

这一夜，哈瑞没有再去喝水。

它走不动了，唯一的力气只能用来喘息。

白天，黑夜，轮流交替着。

小女孩又来了，她不是一个人来的，远远地，在她的身后，跟着一个模糊的小黑影。

小女孩走到了它的身旁，这是它和她第一次近距离地接触。

她看着它，停顿了数秒后，便挨着它坐了下来。

哈瑞不喜欢这种距离。

可是它却懒得去理会。

它不喜欢她身上的气味，有点像田野中的野菊花，清新而让人醒目，也容易让人记住，它不想让味蕾混淆，它要牢牢地记住爷爷的气味。

她说她叫艾沙。

它并不想知道她叫什么。

小女孩坐在它的身旁，然后将一块温暖的东西盖在了它的身上，那是一条粉红的毛巾，绒毛的。

她的动作让它想起了爷爷。

天冷的时候，它蜷缩在爷爷的床边睡觉，有时候爷爷看它冻得不行，总会将家里唯一的被子给它盖上一大半。

当然，到了冬天，它也会穿衣服。

它的衣服不是在宠物店里买来的，而是爷爷一针一线缝出来的，想起爷爷给它缝衣服的情景，它就感觉特别的幸福。

爷爷缝的衣服，没有特别的款式，可是穿在身上特别温暖。

其实它不喜欢穿衣服，那样被包裹着，总有点不舒服。

它经常会用嘴巴去咬衣服，想把它脱下来。

"傻孩子，这外面冷着呢！咱们一出去就是一天，万一冻坏了怎么办？"爷爷不准它脱下。

为了让爷爷不再担心，它只好继续穿着。

小女孩在地上放了一盒拆开的牛奶，乳白色的液体显得十分诱人，她告诉它，如果实在吃不下东西，就把这奶喝掉，要喝得一滴不剩。

没有了爷爷，哈瑞对任何食物都感到难以下咽。

来往的车辆，闪耀着刺眼的光芒，呼啸着从小女孩和它的身边驶过，她没有一点胆怯，只是默默地看着它。

最后，她突然伸出了手，动作轻盈地触碰到了它的背。

不，不可以！

除了爷爷，任何人都不能碰它。

它抬起头，本能地龇着牙齿，恼怒地发出一声低低的咆哮。

女孩缩回了手，她吓得面如土色，怔怔地看着它。

它看得出来，她吓坏了。

"对不起！"小女孩说。

它从她的眼神中，看出了真诚。它想起了那些便当，于是它收回了面目可憎的表情，低下头，继续守候。

它耳边传来了她怯怯的声音，"我……我只是想和你做朋友！你愿意和我做朋友吗？"

哈瑞没有吭声，它的回答是：不，我拒绝。

它不是任何人的朋友，它是爷爷的好哈瑞，好孩子。

小女孩自顾自地说着什么，它一句也没有听。

最后，她没有再说话，只是静静地陪着它坐在马路上。

路上行驶的车辆少了，刺眼的灯光也消失了，它和她就这么坐着。

她是什么时候离开的，哈瑞不知道，她走了，可是没有带走它身上的毯子。

爷爷，爷爷，你在哪儿？

哈瑞在心里呼唤着。

"孩子，你已经有了新朋友，接受她吧！"耳边传来了熟悉的声音。

爷爷，爷爷！

哈瑞抬起头，瞪大了眼睛，仔细地看着四周。

没有人！

即使它的视线有些模糊，可是还能够看见四周的一切。

明明是爷爷的声音，它听得清清楚楚。

它挣扎着身子，努力地从地上站了起来，只坚持了两秒钟，又倒在了地上。

爷爷，你在哪里？

哈瑞使出浑身解数，又重新站了起来。

这次，坚持了几分钟。

几分钟后，它重重地摔倒在地上。

我要带你
离开这里

周末，一群穿着蓝色制服的人围在十字路口，距离他们不远的地方，有一辆车停在那儿，上面的笼子里关着许多无家可归的猫和狗。

艾沙远远地就注意到了。

那只狗死了吗？

她的心悬到了嗓子眼儿上，心里祈祷着：千万别出什么事。脚下加快步伐，快速冲进了人群中。

"把它装进笼子里吧！"

"看它快不行了，应该用不上笼子。"

城管们商量着怎么把哈瑞抬到车上去，哈瑞就像死了似的躺在地上，两只眼睛空洞地望着前方。如果不是它缓慢起伏的肚皮，很多人都以为它死了。

它还活着！

艾沙喜出望外。

"你们不能带走它！"不知道哪来的力气，她推开了那群人，小小的身躯挡在了那只狗的前方。

城管工作人员显然对这突然蹿出来的小姑娘有些始料不及，他们怔怔地看着她，继而有一位女工作人员，蹲下身子，轻声对她说："小妹妹，它是一只流浪狗，我们必须带走！这不仅仅会影响市容，还会威胁市民们的安全和健康，而且它让这里的交通变得更加堵塞。"

艾沙死活不同意，她拼命摇头。

"它不是流浪狗，它有主人，它的主人前不久在这里出了车祸……它一直在这里守候。"

路人纷纷停下了脚步，参加了进来。

"是的，小姑娘说的是真的！"

"这只狗很忠心，自主人去世后，它一直守在这里。"

就连打扫的环卫工人，也挺身而出，证实了这一点。

善良的人，说到这里，不免会落泪，没有人不为这只狗的遭遇感到悲伤。

可是执法者们依然强行要把哈瑞带走，他们责无旁贷。

女工作人员执意拉开艾沙，准备让其他的工作人员将哈瑞抬进笼子。

艾沙不让步，女工作人员只好去拉她，两个人推推搡搡，纠缠在了一起。

艾沙不能让任何人带走哈瑞。

她要尽自己的力量，去保护它。

"你快跑啊……"艾沙拼命地喊着。

可是那只狗，那个让艾沙以为快要死掉的狗，看见被女工作人员拉扯的艾沙，不知道哪来的力气，突然从地上一跃而起，怒眼圆睁，浑身的毛直竖起来，喉咙里发出了可怕的吼叫声，就像一头发怒的狮子，用自己最后残余的力量去斥退那些想要伤害艾沙的人。

女工作人员吓坏了，赶紧松了手。

路人们纷纷往后退着，他们惊恐地看着它。

它在保护我吗？艾沙怔怔地看着它。

这只狗拖着僵硬的身躯，坚定地朝艾沙走了过去，然后挡在她的前方，就像她保护它那样，它也不许任何人靠近她一步。

艾沙哭出了声，不知道是害怕，还是高兴。

城管工作人员显得十分为难，他们不想去伤害这个小女孩，也不想去伤害这只可怜的狗。

"孩子，它是一只流浪狗！没有身份的狗只能接受这样的命运。"他们试图说服艾沙。

艾沙抹了一把眼泪，出乎意料地走近那只狗，然后一把抱住了它肮脏恶臭的身体，抬起头倔强地看着他们，一字一顿地说："它不是一只流浪狗，从现在开始，我，就是它的新主人。"

城管工作人员诧异地看着她，终于，他们让步了。

"那你记得给它办狗证！有合法的养狗手续，才能更好地保护它。"女工作人员交代完一切后，便和大家一块离去了。

路人散去后，艾沙紧抱着哈瑞，依然没有松开。

紧紧地，抱得那只狗有点快喘不过气来。

艾沙的脸上虽然挂着泪，可是她却露出笑容。

狗没有反抗。

它，接受她了吗？

艾沙看着那只狗，可是它却直视着前方，最后呜咽一声，像一座大山一样，倒在了她的怀里。

"不，你得活下去！"她摇晃着哈瑞的身体，号啕大哭了起来。

李斯理此刻才匆匆赶了过来，看见这一幕，他的眼眶都红了，艾沙又哭了，为了这只狗，她已经哭了两次，每一次都哭得那么伤心欲绝。

真羡慕那只狗！

李斯理急急忙忙地跑到对面的便利店买了两盒牛奶。

"艾沙，它得吃点东西。"李斯理将牛奶放在了地上。

艾沙拆开牛奶盒，"你得喝下去，要不然你真的会死掉！你要活着，要活着。"她哽咽着将牛奶盒放在地上。

狗，还是无动于衷。

李斯理有些等不及了，索性拿起牛奶盒，直接将牛奶灌进狗的嘴巴里。

奶，顺着狗的嘴角流了下来，像数条白线。

它的喉咙没有动，它没有吞咽。

艾沙更加难过，她知道狗的生命危在旦夕。

"从现在开始，我是你的新主人，你得听我的话，我知道你忘记不了你的老主人，可是我没打算让你忘掉他，你想让他在你的心里住多久都没有问题。我只有一个小小的要求，吃点东西吧。"

李斯理瞪着艾沙：它听得懂你说的话吗？

因为是周末，路上的行人特别多，没有人为了这只狗再停下脚步，他们已经习惯了它的存在。

只有艾沙和李斯理，守候在它的身边。

也许它需要时间来考虑，也许它喜欢一个人独处。

李斯理的肚子也开始咕咕地叫，他最忍受不了饥饿。

终于，艾沙站起了身，她准备离去了。

她无法决定那只狗的命运。

那么，只好交给它自己！

艾沙低着头，难过地走着。李斯理走了几步，便回过了头，突然他惊叫一声：艾沙，快看，快看啊……

艾沙回过了头。

那只狗半趴在地上，伸出舌头正在吃力地去舔盒中的牛奶，看得出来，它很努力。

它吃东西了，它吃东西了。

"天哪，它竟然听得懂你说的话。"李斯理张大了嘴巴。

艾沙眼眶湿润了。

那只狗把盒中的奶全喝光了，体力好像恢复了一些，它歪歪倒倒地穿过了马路，似乎想去一个地方。

我得跟着它。艾沙想。

她立即朝狗的方向走去。

一人，一狗，保持着一段距离，就这么走着。

李斯理犹豫了一会儿，最后回家去了，他得填饱肚子，这样才有气力保护艾沙。他都不知道自己什么时候有了想当艾沙保镖的念头。

那只狗体力不支，走了一段路，便停歇下来，肚皮不停地起伏着，继而又继续朝前走去。

艾沙就这么跟着它。

也不知道走了多久。

最后，她跟着它来到了郊外，那里有一所破旧的房子，好像是以前的旧仓库，那只狗看见房子，加快了脚步，似乎身体里又注入了活力。

它进去了。

艾沙站在门口，停顿了一会儿，也走了进去。

屋里很宽敞，几乎空荡荡的，没有什么家具，只有一张桌子，一张床，还有一个旧布柜。

桌子上落满了灰尘，角落里有一摞用编带捆绑的旧纸

皮，地上还散落着一堆矿泉水瓶子，

那只狗在屋里不断地嗅闻着，尾巴也使劲地摇摆着。

艾沙想，这一定是它的家。

在床旁那个简易的布柜里，几件男式的衣服搭放在拉杆上，其中有几件"小"衣服，很是显眼，走针线的地方有些粗糙，上面还用红色的线绣着字。

艾沙凑上前，看清楚了衣服上的两个字：哈瑞。

"哈瑞？"艾沙念出了声。

那只狗循声而望，怔怔地看着艾沙。

艾沙也愣愣地看着它。

艾沙和狗对视了很久。

艾沙终于明白了，这应该是老人给这只狗做的衣服，细心的他把狗的名字也绣在上面。

所有人见到这只狗，通过它衣服上的名字，至少知道它不是一只流浪狗。

由此可见，老人对这只狗不是一般地疼爱了。

他们应该是相依为命。

原来哈瑞就是它的名字。

艾沙默默地看着屋里的一切，似乎看见了老人和狗在一起生活的快乐片段。

"哈瑞！"艾沙又叫了一声。

那只狗怔了怔，它的表情无比哀伤，最后呜咽一声，又低头出去了。

艾沙依然跟在它的身后。

从郊外走到了市区，又走到了十字路口。

哈瑞又趴在了老地方，一动不动。

艾沙还得继续往前走，她得回家。

不过，这一次，她觉得如释重负，轻松多了，甚至有些欢呼雀跃。

一进屋，便一头扎进了爸爸和妈妈温暖的怀抱，"疯丫头，怎么出去这么久？"她抱着艾沙，嗔怪着。

"眼睛怎么了？又红又肿。"爸爸心疼地看着她。

"跟李斯理吵架了？"妈妈紧张地问。

艾沙摇摇头，他们总是很在乎她。虽然她的眼睛红肿，可是她脸上的笑容很灿烂。

"爸爸，妈妈，那只狗，就是十字路口的那只狗，它吃东西了，它喝了牛奶呢。"她激动不已地看着他们。

爸爸吃惊地看着她，妈妈则一头雾水。

"艾沙，你的力量真强大！"爸爸笑着说。

艾沙抿着嘴，一直笑着。

"你把你自己的奶，给它喝了？"妈妈似乎明白了一些，语气有些心疼。

艾沙笑着点点头，又摇摇头。

"这一次不是，是李斯理买的牛奶。"她说，"爸爸，妈妈，我想问你们一个问题！"

她得把心里的话说出来。

艾沙的表情很认真。

爸爸和妈妈有些愕然。

"如果我喜欢这只狗，想让它住进我们的家里来，你们会同意吗？"她一脸渴望地看着他们。

妈妈这才明白，她说的是什么了。

爸爸温和的脸上已经写出了答案。

"只要你喜欢，只要你愿意。"妈妈抚摸着她的头，一脸怜爱，"我们随时欢迎它的加入。"

艾沙紧搂着他们，觉得自己是世界上最幸福的孩子。

第二天，爸爸便去了相关部门，去咨询办狗证的事了。妈妈用一些旧衣物，给它做了一个温暖的狗窝，而且还给它做了几件漂亮的小衣服，因为马上就要到深秋了，天气会变得更加的寒冷。

"要不要将它的名字绣在上面？"妈妈的手工活无可挑剔。

"要，当然要了！"艾沙想了一会儿。

"那么它叫什么名字呢？"妈妈问她。

"它叫哈瑞，对，就是哈瑞。"艾沙告诉妈妈。

妈妈笑着点点头，"是个好名字。"

艾沙甜甜地笑了。

亲爱的哈瑞，我一定要带你离开那里，离开马路，离开十字路口。

不，我要
守护这里

哈瑞躺在冰冷的马路上，它已经感受不到任何温度的变化了。

风呼呼地吹着，偶尔会卷起几片落叶，在空中盘旋一阵后，洋洋洒洒地飘落在地上，有一片正好盖住了它的眼睛。

枯叶上的茎脉，清晰而僵硬。

像爷爷的手，枯瘦，筋脉凸起。

就是这样的一双大手，却温暖无比。

它慢慢地闭上落叶下的眼皮，就像感受着爷爷的抚摸一般。

爷爷，爷爷，你到底在哪儿？

它喘着粗气，眼角又感觉酸痛。

它多么希望爷爷是在和它捉迷藏，突然有一天，他会出现在它的面前。

一阵嘈杂的声音传了过来，落叶上人影晃动。

风又吹了过来，盖在哈瑞眼睛上的落叶飞走了。

一群身穿着蓝色制服的工作人员对它指指点点，不远处的车辆上，传来了猫和狗凄厉的惨叫声。

接着，它看见一个铁笼子搁在旁边。

他们想带走它吗？

"哈瑞，快走！"哈瑞的耳边传来了爷爷的呼喊声。

不，这不是真的！

哈瑞没有看见爷爷。

它想起来了，两个月前，爷爷带着它在街上拾废品，也曾看见这些穿蓝制服的工作人员，那一次，它也差点被他们带走。

"哈瑞，快走！"爷爷焦急地撵它走。

它却始终不愿离开爷爷一步，虽然它不知道发生了什么事，可是从爷爷的脸上，它看见了"恐惧"。

有人拿着网子朝它走了过来。

它没有离开，它是不会离开爷爷的。

"老人家，没办法，我们也是秉公执法，城市里不允许出现流浪狗。"那些人向爷爷解释着。

"它不是流浪狗，是我养的狗，就跟我的孩子一样，"爷爷佝偻着身子，抱着哈瑞，老泪纵横，"再给我点时间吧，我正在凑钱准备给它办证呢！你们放心，它不会伤人的，它的心可善良着呢。"

那些人见状，也有些动容。

也许觉得爷爷可怜，也许他们相信爷爷说的话，反正他们没有为难他，只是反复强调让他赶紧去办证。

自那以后，爷爷每天回家的时间越来越晚，它不知道他是几点回的家，它只知道路上的行人没有了，车辆也没有了，整个世界仿佛就只剩下它和爷爷。

对了，还有天上的月亮和星星。

它只知道，爷爷的腰更加弯了，腿脚更不利索了。

它明白爷爷想多拾点废品，这样就能多换点钱，可以早点帮它办狗证。

它不在乎有没有证，只要能和爷爷在一起，什么都不重要。

可是爷爷在乎，他说没有这些手续，它时刻都会有危险。

爷爷的左腿有老风湿病，每天都要贴一片膏药，才能入睡。

为了攒钱，他连一片风湿膏药的钱都舍不得花。

入睡前，只是用一块毛巾，把腿紧紧地裹住。

半夜里，它经常会听见爷爷在床上翻来覆去的声音，每次它都会跳上床，然后蜷缩成一团，将自己的大半边身子盖住爷爷的腿，爷爷才会慢慢地进入梦乡。

现在，爷爷走了，没有庇护它的人了，他们可以直接带走它了。

"把它装进笼子吧！"

有人拨弄了一下它的身子。

"好臭啊！"

有人捂着鼻子，发出重重的鼻音。

它看见有一个小小的身影，从人群中挤了进来，她满脸的惊慌，眼睛紧盯着自己，直到看见它的肚皮起伏着，脸上才露出一丝宽慰。

是那个小女孩，艾沙。

"你们不能带走它！"她冲上前，挡在了它的前方。

它望着她小小的身影，就像看见了一堵高大而坚实的墙。

她不停地向他们解释着，就像当初爷爷向他们解释的样子。

多么熟悉的场面啊！

突然，一个女工作人员上前拽住了小女孩，小女孩试图推开她，于是她们纠缠在了一起，小女孩踉踉跄跄，险些摔倒。

哈瑞看见了这一幕！

它愤怒了，不知道哪来的力气，让它从地上一跃而起，像一个勇士般冲上前，挡在了小女孩的身前，就像她保护自己的时候一样。

它吠叫着，让那些人离小女孩远一点。

那些人害怕了，纷纷后退着。

小女孩安全了。

它闭上了嘴巴，喘着粗气，刹那间，松懈下来的它身子变得像棉花一样，再也支撑不了任何一丝重量，它快要倒下去了。

小女孩哭了，哭得很伤心，它听见了，心里也莫名地感到伤痛。

明明没有感觉的心脏，此刻又像复活了般，继续跳动着。

就在下一秒，它感觉一双嫩嫩的小手稳妥地抱住了自己的身躯，一股暖流袭遍全身。这双小手，怎么会有如此的力量和温度？

"它不是一只流浪狗，从现在开始，我，就是它的新主人。"小女孩告诉他们。

它听见了，每字、每句。

她是爷爷派来的天使吗？哈瑞想。

小女孩一边哭，一边抚摸着它的身体，难道她闻不到自己身上的臭味吗？

她为什么这么在意自己呢？

那些人离开了，就像上次他们离开的时候，交代爷爷那般，也同样交代了小女孩，让她给它办狗证。

它看着小女孩，她的脸上还留着泪痕，为什么她会伤心不已？

为什么它也会感觉到心痛呢？

哦，不，它只会为一个人感到悲伤，只会为一个人感到难过。

可是爷爷呢？爷爷在哪里？

它觉得身子一点点在下沉，不过这一次，它没有倒在冰冷的地上，而是倒在了小女孩的怀抱中。

陌生的怀抱，同样的温暖。

小女孩的脸渐渐地淡出它的视线，眼皮不听话地闭上了。

"不，你得活下去！"小女孩在拼命地摇晃它的身体。

耳旁传来了另一个稚嫩的声音，"艾沙，它得吃点东西。"有人也蹲在了它的身边，陌生的气息，熟悉的感觉。

它想，一定是那个胖胖的小男生。

不一会儿，它闻到了一股牛奶的腥味，紧接着，一双粗鲁的小手扒开了它的嘴巴，一股凉凉的液体从嘴里直流到喉咙。

它不想吃任何东西，它也不需要食物。

液体流到嘴角，慢慢地溢流了出去。

小女孩的声音变得有些哽咽，"从现在开始，我是你的新主人，你得听我的话。我知道你忘记不了你的老主人，可是我没打算让你忘掉他，你想让他在你的心里住多久都没有问题。我只有一个小小的要求，吃点东西吧。"

哈瑞沉默了，它也哭了，不过眼泪倒流在心里，小女孩看不见。

她是多么善解人意啊！

爷爷，爷爷，她是你派来的天使吗？

　　小女孩离开了，她的气息越飘越远，可是她好像把什么东西留下了。

　　是什么呢？

　　它缓缓地抬起眼帘，面前搁着两盒敞开的牛奶，奶白色的液体在灰黑色马路的映衬下，显得格外醒目。

　　它看了看渐行渐远的两个小身影，若有所思般。

　　"哈瑞，我的好孩子，喝吧！你喝了，艾沙就不会伤心了。"

　　爷爷的声音再次传入它的耳边。

　　爷爷，你怎么知道她的名字？

　　你也喜欢她，对吗？

　　它沉默了一会儿，最终，努力地低下头，去舔盒里的牛奶。

　　它明白了，小女孩把爱和温暖留下来了。

　　小男孩发出了惊叫声，"艾沙，快看，快看啊！"

　　它听见了，小女孩也听见了，她回过头，脸上露出了开心的笑容，在阳光下，是那么灿烂，那么美丽。

　　牛奶喝光了，力量似乎重新又回到了身体里，视线仿佛也变得清晰起来。

　　小女孩一直默默地看着它，并未离去。

　　这一刻，它突然想起了另一个地方。

　　跌跌撞撞地沿着熟悉的路线，前行着。

　　不用回头，它知道小女孩跟在身后。

　　穿过了街道，穿过了小巷。

　　这段路程，花费了很长的一段时间，那是因为它的体力没有恢复，每走一段路，便苟延残喘般，趴在地上。

地平线上出现了那座孤寂的小屋，那是它的家。

哈瑞有些亢奋，使劲地摇着尾巴。

也许，也许爷爷此刻就在家里等着它呢，也许爷爷不曾离开过。

它迈开腿，奋力地朝那座房子跑去。

门打开了，它环视着屋里的一切。

熟悉的房子，熟悉的气味，却没有熟悉的人。

爷爷，你躲在门后吗？

它朝门后看了一眼，没有人。

爷爷，你躲在衣柜后面吗？

它走到衣柜后面，依然没有人。

爷爷，你躲在被子里吗？

它用嘴巴把被子拽到了地上，还是没有人。

它像个孩子似的，委屈地瘪了瘪嘴巴。

屋里的一切，它都记得。

这是爷爷拾废品的钳子，还有袋子。

这是爷爷平常穿的鞋子。

这是爷爷喝水的杯子。

这是爷爷经常睡的床。

它伤心欲绝，觉得是自己弄丢了爷爷。

"哈瑞？"站在它身后的小女孩突然开口叫出了它的名字。

它微微一怔，许久，许久没有人这么叫它了。

回过头，看见小女孩站在衣柜前，手里拿着爷爷为它缝制的衣服，正愣愣地看着自己。

那上面有它的名字，它知道。

"哈瑞!"她又叫了它一声。

这个名字，只会让它更加想念爷爷，更加难过。

爷爷，爷爷，你到底在哪里？

哈瑞悲伤地叫了一声，便低头出去了。

依然穿过街道，穿过了小巷。

最后，回到了十字路口的马路上。

哈瑞趴在原来的地方，似在等待，又似在守候。

它不会离开这里的，更不会让小女孩成为它的新主人。

它会一直守护在这里。

因为，爷爷在这里。

两只讨厌的乌鸦又来了，这一次它们没有停留，径直从它的头顶飞过。

种子发芽了

哈瑞终于吃东西了，它活下来了。

艾沙觉得没有任何事比这件事更让她开心的了。

校车像往常一样，每天都会驶过哈瑞的身旁，艾沙总趴在窗前，笑容满面地看着它，然后扬起手，默默地说：嗨，哈瑞。

这个时候，哈瑞会感应般地抬起头，注视着车里的她。

"艾沙，瞧，它在看你呢。"郭丽丽大呼小叫。

"那只狗真不够意思！"一旁的李斯理抱怨连连，"它都喝了我无数盒的牛奶了，可是从来不正眼瞧我一下！"

艾沙抿着嘴笑而不语。

"你应该感谢它喝了你的牛奶！"郭丽丽笑着说。

"为什么？"李斯理瞪着她。

郭丽丽慢条斯理地说："多亏它帮你喝了奶，要不然你真的要坐两个人的位置了！"

李斯理气得嘴巴都噘起来了，然后对郭丽丽张牙舞爪，扮着各种吓人的鬼脸，把郭丽丽吓得不停地大声尖叫。

艾沙依然像以前一样，每天傍晚给妈妈送便当的时候，也顺便给哈瑞送去一份便当，只不过，她会将便当放在哈瑞的面前，不再是垃圾桶旁边。

以前，看见艾沙，哈瑞总是无动于衷。

现在，每次稍稍靠近它，哈瑞的尾巴便会摇摆两下。

虽然是很细微的动作，可是她观察到了。

这表示哈瑞在慢慢地接受她，至少不再像以前那样排斥她。

至于能不能走进哈瑞的心里，对她来讲，这还是个未知数！

几乎每隔几天，哈瑞便会重走它的老路线，回到那座郊外的旧仓库，艾沙会一直跟在它的身后。

一狗，一人。

穿过大街小巷，就这么走着。

那天下午，当哈瑞带着艾沙再次回到它曾经的家时，那里除了一片废墟什么也没有了，旧仓库被拆除了。

哈瑞疯了似的，在废墟堆上乱跑。

还不停地用双爪在堆里刨着，不一会儿，便把老人的钳子、袋子，以及老人的衣服和它的衣服，全扯出来了。

哈瑞的嘴角被锋利的砖角划破了，渗出了血渍。

可是它没有停止。

呜！许久，它才昂着头，像一匹狼那样，对着天空呜呜，像是咆哮，又像是哭泣。

艾沙知道它心里一定难过极了，失去了主人，又失去了家，这种滋味是任何人无法体会的。

"别怕，哈瑞，你还有我！"艾沙走上前，抱住了它满是灰尘的身子。

哈瑞昂着头，看着天空，目光变得陌生而冷漠。

那一夜，哈瑞蜷缩在废墟堆上没有离去。

艾沙独自一个人，沿着哈瑞常走的线路，穿过了马路，穿过了人行道，回到了家里。

第二天，艾沙在校车上看见哈瑞又回到了十字路口。

依然趴在那里，一动也不动。

校车从它面前缓缓驶过，可是它始终没有抬起头。

艾沙的眼睛又有些红肿，李斯理注意到了，心想这两天好像没有做过伤害她的事，为什么她又伤心了呢？

一定又是那只狗。

"艾沙，是不是有人欺负那只狗了？"李斯理握着小拳头，"如果是，你告诉我一声，我找他算账去。"

艾沙没吭声。

李斯理以为自己猜对了，"那人是高是矮，是胖是瘦？"

艾沙还是没有说话。

"不会是大人吧！"李斯理的小拳头微颤了一下，"如果……如果是小学生，一点问题都没有，我可以解决。可是……如果是中学生或者是大人，就有点难度了。"他皱着眉头。

"哈瑞的家没有了，那房子以前是个旧仓库，现在被拆了。"艾沙说。

李斯理恍然大悟。

"那哈瑞真够可怜的！"他嘟哝着。

"哈瑞不可怜。"艾沙流露出坚定的目光，"因为它还有我们啊！"

"对，还有我们！"李斯理提高了嗓门，他很高兴艾沙这么说，这次，她提到了"我们"，那代表着她和他，看来艾沙并不像以前一样讨厌他了。

每天，艾沙像原来一样，依然在给妈妈送便当的时候，给哈瑞捎上一份，便当里的食物也每天换着花样，有蛋炒饭、面条、排骨等等。

哈瑞虽然神情悲伤，可是它依然会吃光艾沙的便当，舔得干干净净。

到了周末，艾沙除了给哈瑞送便当，还会陪着它小坐一会儿，将学校或者自己身边发生的一些有趣的事和哈瑞分享。

"哈瑞，你知道吗？那个小胖子，就是我的同学李斯理，他今天又闯祸了，他把别人的课本撕下来折纸飞机了，结果被老师狠狠地训了一顿。"

"哈瑞，昨天是我爸爸的生日，我用零花钱给他买了一件T恤，昨天他真的穿了，我和我妈妈笑死了，你知道为什么吗？因为我爸爸把衣服穿反了，哈哈……"

艾沙坐在哈瑞的身边，自己一个人滔滔不绝地讲着。

偶尔，哈瑞会闪动几下耳朵。

李斯理有时候也会偷偷地跟过来，不过他不敢太靠近哈瑞，自从上次哈瑞"吓唬"过城管的工作人员之后，他似乎也被吓破了胆。

"艾沙，你别怕，我会在这里保护你！"每次看见艾沙朝哈瑞走去的时候，他总会在后面大声地喊着。

其实艾沙根本没听见。

马路上车来车往，他的声音早就被淹没了。

这天傍晚，艾沙没有出去给哈瑞送便当，妈妈生病了，发烧兼咳嗽，吃了药以后，便一直躺在床上休息，看着妈妈憔悴的脸庞，艾沙心疼极了。

她知道，妈妈是累倒的。

她不停地用冰毛巾去擦拭妈妈的额头，手臂，让她降温。

她得留在家里照顾妈妈。

可是哈瑞怎么办呢？

艾沙心里惦记着它，没办法，她只好叫来了李斯理。

"你能帮我给哈瑞送便当吗？"她问。

"当然可以了，不过……"李斯理有些犹豫，他不想让女生知道他怕狗，"不过得晚一点，我还没有吃饭呢。"他支支吾吾地说。

艾沙笑着点点头，她觉得李斯理变得不那么令人讨厌了，甚至还有点可爱。

过了一会儿，李斯理便过来取了便当出去了。

一直等到晚上九点钟，他才跑了回来，艾沙问他为什么去了这么久，他说路上有点塞车。

等他离去后，艾沙觉得有些纳闷。

塞车也不关乎他走路的事啊？想着想着，她的嘴角便又露出了漂亮的上弧线。

李斯理一定害怕哈瑞，不敢走到它的面前。

心里大概做了一番挣扎，最后才鼓起勇气将便当放在了哈瑞的面前。

现在，哈瑞一定在吃她的便当了吧。

艾沙特地给妈妈熬了一点小米粥，感冒发烧的人，只能吃点清淡有营养的食物。

妈妈的烧开始退了，艾沙把煮好的粥端到床前，执意要喂妈妈喝。

"好宝贝，妈妈自己来就行了！"妈妈面色苍白，身体很虚弱。

艾沙体贴地在妈妈的背后放了一个靠垫，然后让妈妈舒舒服服地靠坐在那儿，接着她端起碗，拿起勺子开始喂粥给妈妈喝。

就像她每次生病，妈妈照顾她那样。

妈妈眼里泛着泪花，脸上却露出幸福的笑容，无比疼爱地看着艾沙，"宝贝，你真懂事。"

妈妈吃完了粥，感觉好多了。

正好，爸爸也回来了，艾沙赶紧把饭菜端到了桌上。

看见女儿身兼多职，又做饭，又照顾妈妈，他不由得有些愧疚，上前拥抱了一下女儿，亲了亲她的额头。

"艾沙，你是个小超人。"

艾沙开心地笑了，她喜欢爸爸这么说她。

第二天，妈妈的身体好了许多。

"去看看你的哈瑞吧！"妈妈说。

"不用了，妈妈，我昨天让李斯理把便当给它送过去了。"艾沙说，"待会儿我让他再跑一趟，因为我要照顾你。"

妈妈怜爱地抚摸着她的头，"今天爸爸不加班，有他在呢！你快去吧！哈瑞一整天没有见到你了，会担心你的，对了，你把这块垫子带过去，妈妈前两天就做好了，天冷了，哈瑞趴在这上面会觉得暖和些。"

妈妈的话让艾沙感觉暖暖的。

五颜六色的垫子布是用家里不穿的旧衣服做的，里面填了好多棉花，摸起来柔柔的，上面同样也绣了哈瑞的名字。

艾沙带着垫子来到了十字路口，哈瑞还是趴在那里，一动也不动，不过它高昂着头，看着车来车往的马路，精神明显大有好转。

"嗨，哈瑞！"她叫了一声。

即使马路上十分嘈杂，可是哈瑞听见了艾沙的呼声，它转过了头，继而猛地站起身，快速地朝艾沙飞奔过来。

这让艾沙有些意外，哈瑞从来没有离开过趴着的地方，这次竟然起身来迎接她！

这是第一次！

"小心，哈瑞，现在是红灯呢！"艾沙的心悬到了嗓子眼儿。

那些好心的司机，一直知道这里有只守候主人的狗，所以路过这里，总会小心翼翼地行驶。

哈瑞跑过来了，一下子扑在了艾沙的身上，艾沙承受不住这突来的重量，趔趄后退了几步，继而她便又咯咯地笑了起来。

"哈瑞！"她捧着哈瑞的脸，揉了揉它的鼻子，"对不起，昨天妈妈生病了，我得在家里照顾她，不过我让李斯理给你送便当了。"

哈瑞围着她，嗅着她的气味，尾巴摇得特别欢，才分开了一天，它就像许久没有见到艾沙一样，显得特别热情。

它会不会跟自己一块回家呢？艾沙想。

如果能跟她一块回家，那么它就不用在马路上风餐露宿、挨饿受冻了。

它会重新拥有一个幸福的家！

正在艾沙暗自思忖的时候，哈瑞又转过了身，走向了老地方。

她明白了，哈瑞虽然接受了它，可是它并不会跟她走。

艾沙默默地走到它的旁边，然后放下垫子，"哈瑞，趴在这上面吧，这是妈妈为你做的，很温暖。"

哈瑞没有动，也许它听懂了，也许它没有听懂。

爸爸说过，她不能心急，哈瑞需要时间来慢慢适应和接受这一切。

　　她搁下垫子，摸了摸哈瑞的头，然后离开了。

　　回过头，哈瑞趴在那里，高昂着头，目视着前方，像一个战士般，目光坚毅。

是的，

种子发芽了

那个小女孩，它记得她叫艾沙。

她每天都会来看自己，包括那个小胖男孩，总是跟在她的身后，有时候他还会给它捎两盒牛奶。

其实它不喜欢牛奶的味道，它更喜欢爷爷为它做的杂菜面汤。

所谓的杂菜面汤，就是把许多蔬菜放进锅里煮，然后加点面条进去，有时候家里面条所剩不多，爷爷就会做这种面汤，虽然没有肉，可是吃起来特别香甜。

是的，爷爷煮的任何东西，都很香。

它怀念那些味道。

艾沙的便当也很香。

校车驶过的时候，它能看见玻璃窗后艾沙那张微笑的脸庞，就像初晨的阳光，柔和而亮丽。

它喜欢艾沙的笑容。

每到傍晚，它便会静静地等待艾沙的到来，直到她出现在自己的视野里。

她的便当每天都不一样，有它喜欢的蛋炒饭，也有面条、排骨等等。

对它和爷爷来说，这些食物都是美味珍肴，他们鲜少吃到这样的饭菜。

即使它再怀念爷爷做的饭菜，也会吃下艾沙做的饭菜。

至少它能看见艾沙的笑容。

那天下午，它像往常一样，想回到郊外的那个家。

每次回到那个地方，就感觉爷爷还活着似的，屋子里到处充斥着熟悉的气味。

艾沙喜欢跟在它的身后，像一个忠实的追随者。

远远的地平线上，一片空白。

它微微一怔，继续朝前走去。

一堆废墟出现在面前，到处都是破碎的砖块。

家，没有了。

它感到不可置信，明明一直都还在的家，为什么也像爷爷一样，消失了呢？

不安和恐惧占据了整颗心，它在废墟上奔跑着，试图寻找着它和爷爷曾经的生活痕迹。

看见了，看见了。

砖块下方露出了爷爷的钳子。

它伸出爪子，拼命地刨着，这是爷爷拾荒的工具。

钳子刨出来了，袋子也刨出来了。

衣柜已经破烂不堪，它和爷爷的衣服也都被扯烂了，成了一堆碎布。

它嗅着爷爷衣服上的气味，那么熟悉的感觉，就像爷爷从未离开过它似的。

爷爷的衣服破了，它的衣服也破了。

难道爷爷走了，所有与爷爷相关的东西，都会随之消失吗？

它觉得眼睛有些发涩，欲哭无泪。

它昂起头，望着天空，低低地呜咽。

爷爷，你知道吗？

我们的家没了！

它不知道该怎么办，就像一个无助的孩子。

失去了爷爷，失去了家，它还拥有什么呢？

"别怕，哈瑞，你还有我！"那个叫艾沙的小女孩走上前，紧紧地抱住了它。虽然她的怀抱同样的温暖，可是却温暖不了它那颗受伤的心。

它心里承载的伤痛，艾沙能懂吗？

是的，她能懂。

艾沙走了，她知道它此刻需要的是什么。

看着她孤单地离开，哈瑞心里也挺难过的。

它不想离开这堆废墟，至少今晚，它要守候在这里，因为这是它最眷念的家。

有一只色彩斑斓的蝴蝶飞了过来，在秋天，鲜少见到它们的身影。

它扇动着翅膀，飞落在爷爷的钳子上，一动不动。

像生锈的钳子上盛开出了一朵绚丽的花朵，它看见地上的砖块跳跃着，整个废墟都在抖动，它只好站在了一旁。

所有破碎的泥土和砖块在空中飞旋、集中，像突发龙卷风似的。

最后那座破旧的房子复原了，竟然和原来的一模一样。

哈瑞惊喜不已。

屋里传出了有人咳嗽的声音。

这声音多么熟悉啊。

它撒开腿，欢天喜地地朝屋里跑去。

推开门，一个坐在微弱灯光下的身影映入眼帘，他一手拿着针，一手拿着衣服，高举着，在灯光下缝制。

是爷爷!

千真万确!

它吠叫了两声，爷爷回过头，对它微微地笑着。

哈瑞眼睛一热，朝爷爷跑了过去，然后撒娇似的将头埋在他的胸膛，拼命地舔着他那枯瘦如柴的大手。

爷爷，你真的回来了吗？

我知道，你不会丢下哈瑞不管的。

哈瑞撒欢似的围着爷爷转圈，爷爷蹲下身子，将小衣服搭在它的背上，"哈瑞，我的好孩子，你瞧，我把衣服都修补好了。"

是的，衣服修好了，房子也修好了，一切完好如初。

最重要的是：爷爷回来了。

这一刻，哈瑞的脑海里没有马路没有十字路口，也没有艾沙。

"哈瑞，我的好孩子!"爷爷抚摸着它的头，"你要坚强地活下去，所有破损和残缺的东西，都可以用心灵去修补好，时间会帮助你的。"

爷爷的话有些莫名其妙。

他以前从来不说这样的话。

哈瑞怔怔地看着爷爷，他的身体变得越来越透明，像一面镜子一样，渐渐地淡出了它的视线，房子也没有了。

抬头，是满天的星空，幽蓝而深沉。

四周一片静寂，它发现自己还是趴在那堆废墟上。

它又做梦了!

原来狗和人一样，也会做梦。

家，是真的没有了。

第二天，它离开了，走了几步，回过头，深情地望了一眼那堆废墟，便头也不回地走了。

十字路口，依然车来车往，人群熙攘。

它趴在曾经失去爷爷的地方，神情黯然。

艾沙每天放学后，一如既往地来陪伴它，有时候还会把学校发生的趣事告诉它。

它知道，艾沙希望它能开心。

艾沙讲的每一句话，它都记住了。它也在聆听，只不过不是用耳朵，而是用心。

可是这天傍晚，没有见到艾沙的身影。

以往这个时候她早就来了，可是今天，一直到夜幕降临，也没有看见她的身影。

她生病了吗？哈瑞猜想。

过了一会儿，一个小小的身影出现了，哈瑞起初以为是艾沙，可是渐渐地，它看清楚了，是艾沙的小跟班，那个可爱的小胖子。

他怯怯地看着自己，几次试图靠近，又退了回去。

一直犹豫着，踌躇不前，他的手里拎着艾沙的便当盒。

是艾沙让他来送便当的吗？

那她呢？

哈瑞有些紧张。

小男孩东张西望，有几次，他几乎走到自己跟前了，可是一旦自己的目光迎向他，他马上又倒退回去了。

他是怕它吗？

他是艾沙的朋友，它不会伤害他的。

最后，他终于鼓足勇气，趁过马路人多的时候，迅速跑到它面前，放下便当撒腿就跑了。

那副滑稽的模样，让人忍禁不已。

它开始担心艾沙，也许她的家里发生了什么事。

从一开始，不管刮风下雨，她几乎天天都会过来看它，可是今天她却没有来。

这种担心一直持续到第二天。

不安和恐惧又开始侵袭。

远远地，它终于看见艾沙了，她依然满脸灿烂的笑容。

她看起来还不错，至少健康快乐。

当她看见自己奔跑过来的时候，脸上写满了担心。

"小心，哈瑞，现在是红灯呢！"她惊叫着。

它喜欢她的这种担心，迈开腿，兴高采烈地跑了过来。

"嗨，艾沙！"它在心里默默地喊着。

艾沙险些被它扑倒在地上，她爽朗的笑声，感染了它。

"对不起，昨天妈妈生病了，我得在家里照顾她，不过我让李斯理给你送便当了。"

艾沙向它解释着。

是的，它知道。

见到艾沙没事，它放心了。

于是，它又转过身，回到了原来的地方，继续守候。

它喜欢艾沙，它相信爷爷也喜欢艾沙。

艾沙的手中多了一个垫子，外面的布料虽然有些陈旧，可是看起来挺舒适，哈瑞看见了，上面也有和它名字一模一样的字。

这让它想起了爷爷给它缝制的小衣服，是的，它又想起了爷爷。

它趴在那里，思绪翻江倒海般涌来。

艾沙静静地来到了它的身旁，她让它趴在垫子上，说这样会舒服一些。

是的，它知道。

可是它没有理会，并不是它不喜欢。

相反，它很喜欢。

只是，它会更想念那些破碎不堪的小衣服。

看着艾沙默默地离去，其实它很想说：谢谢你，艾沙！

请让我
住进你的心里

城市似乎不受季节的干扰，即使秋天再萧条，田野一片荒芜，它依然人潮如涌，车水马龙，一片生机。

冬天即将来临，风传达了它的信息。

像升级似的，风越来越厉，吹得让人发抖，冻彻肌骨。

艾沙已经换上了厚厚的毛衣，不过，哈瑞拒绝了妈妈为它缝制的衣服，也拒绝了跟她一起回家。

是的，爸爸说过，它还需要时间。

宠物狗的相关手续办得很顺利，只差带哈瑞去打狂犬疫苗，然后做一个体检，就可以了。

一家人都在期盼着哈瑞。

就像等待一个迟归的游子，早晚会回到家里。

每天傍晚，艾沙都会去十字路口看望哈瑞。

哈瑞会像见到老熟人那样，热情洋溢地去迎接她，只不过它依然不愿离开曾经失去主人的地方。

每次和哈瑞告别的时候，它只是目送着她，直到她的身影渐渐消失，它也不会挪移位置。

艾沙知道哈瑞深爱着它的主人，它在用它的方式向去世的主人表达着尊敬和忠诚。

不过，哈瑞接受了她的垫子。

这一点已经让她很满足了。

"看，艾沙，哈瑞趴在你的垫子上呢！"每次校车经过十字路口的时候，李斯理总会大呼小叫。

"是的，我看见了。"艾沙趴在车窗前。

"如果它能跟你回家就好了！"郭丽丽说。

一定会有那么一天的，艾沙相信。

那一天傍晚，艾沙像以往一样来到了十字路口，远远地看见哈瑞趴在垫子上一动不动，姿势非常僵硬。它没有像往常一样，老远就跑过来迎接自己。

她心里微微一怔，难道哈瑞出了什么事情？

"哈瑞！"她轻声唤了一声。

哈瑞艰难地从垫子上爬了起来，一瘸一拐地朝艾沙走了过来。

艾沙这才发现，它的腿受伤了，破了很大一块皮，露出了鲜红的肉，应该是被车剐蹭到了。

"这里不安全了，最近几天常有一小群年轻人半夜开着跑车过来比赛！"环卫工人一边打扫卫生，一边告诉她，"应该是碾到它了。"

艾沙心疼地看着它的伤口，眼泪都快掉出来了。

"哈瑞，走吧，我带你去医院！"她看着哈瑞。

哈瑞呜咽一声，转过身，又回到了原来趴着的地方，一动不动。

"哈瑞，你需要去看医生！"艾沙走到它的跟前。

哈瑞还是置之不理，她快要哭出声了。

也许是哈瑞感应到了她的担心和难过，最后哈瑞从垫子上颤巍巍地站了起来，它似乎同意跟自己去医院了。

艾沙摸了摸它的头，激动地说："好哈瑞。"

突然，哈瑞的身子抖动了一下，它的脸上又露出了悲伤的神色。

艾沙注意到了，她猜想哈瑞以前的主人肯定常这么称呼它。

宠物医院离这里有一段距离，如果让哈瑞自己行走，似乎有些困难，它伤得有些严重，前肢几乎都变形了。

马路上没有出租车，如果坐公交，也得走一段距离，这样的运动只会加重哈瑞的伤情。

艾沙一筹莫展。

"我来了！"不远处传来了一阵清脆的自行车铃声。

是李斯理，他骑着自行车快速飞过来了，别看他长得胖，车骑得可稳当了。

"艾沙，咱们把哈瑞抬进篓子吧！"他指了指车前的篓子。

"这……这装得下吗？"艾沙指了指哈瑞，又指了指篓子。

李斯理拍拍胸膛，胸有成竹一般，"当然能了，别看我这么胖，我爸爸骑车载我的时候，我都坐过这篓子。"

听见李斯理的这句话，艾沙放心了。

她和李斯理小心翼翼地把哈瑞抬进了篓子里，让它把受伤的前肢搁在外面。

正如李斯理所说的，篓子真的能装下哈瑞的身体。

"你坐在后面吧！"李斯理拍了拍车的后座。

艾沙摇摇头，她不知道以李斯理的车技能不能载得了一人一狗，其实她更担心的是哈瑞，千万不能让它再受伤了，"我跟着你们小跑吧！"

"如果你想快点，就得坐我的车。"李斯理环抱着双臂说。

艾沙妥协了，只好坐上了他的车。

"坐稳了啊，如果害怕，可以……拽住我的衣服，好喽，我们出发！"李斯理踩着脚踏，快速地向前驶去，像风一样。

车，飞快地跑着。

清脆的铃响从街头一直响到街尾。

到达宠物医院的时候，李斯理的头发被风吹得竖了起来，艾沙的头发也几乎乱了，就连哈瑞的狗毛也变得一团糟。

风，真是个无形的理发师。

宠物医生替哈瑞做了一个全面的检查，然后清洗了哈瑞的伤口，给它包扎了一下，不过还给它装了一块石膏板，因为它的前肢骨折了。

显然哈瑞不喜欢那块冰冷而僵硬的东西，它不停地啃咬着。

"哈瑞，听话！这有助于你的伤口早日恢复。"艾沙拍拍它的头。

哈瑞顿时安静了下来，李斯理站在一旁窃笑，没想到艾沙真的征服了那只狗。

"医生，请问多少钱？"艾沙怯怯地问。

出门的时候，她的身上并没有带钱。

李斯理一听，马上挺身而出，"艾沙，别担心，我这里有钱！"他掏出一张五十元钱的人民币，递到了她的面前。

医生是个年轻的小伙子，他看见这一幕，不由得笑了。

"不用给钱！"他告诉他俩。

李斯理和艾沙愣愣地看着医生。

"我认识这只狗！"他笑着说，"它一直在那个路口守候它的主人，有好几次，我都想收养它，可是它用它的态度拒绝了我。"

原来在这个城市里，有很多认识哈瑞的人。

它的形象早已不知不觉地渗透进了大家的心里。

回去的路上，艾沙突然觉得很温暖，原来关心哈瑞的人，不止自己一个，还有很多很多人。

来到十字路口，李斯理并没有踩刹车，他想把哈瑞带回艾沙的家里，它不能再待在这个危险的地方。

可是哈瑞，突然从篓子里跳了下来，然后一瘸一拐地继续回到了原来的位置上。

它还是不愿意离开这里。

艾沙只好和李斯理回去了，她知道哈瑞还需要时间。

"谢谢你，李斯理！"艾沙说。

这是第一次听到艾沙对自己说"谢谢"，李斯理不好意思地挠挠脑勺，突然感到有些腼腆。

"有你这个朋友真好！"艾沙进门的时候，抛下了这句话。

李斯理诧异地张大了嘴巴，好半天反应过来，接着他突然怪叫一声，学着螃蟹走路一样朝家里走去。

"又是哪根神经不对，"他的妈妈在门口吼道，"得意成这样了？还不赶快吃饭去，饭菜都快凉了。"

艾沙双手托着下巴，望着窗外发呆。到底还要等多久，哈瑞才会愿意跟她回家呢？还要等多久，她才能真正地住进它的心里面？

哈瑞的伤恢复得很快，两个星期后，艾沙再次看见它的时候，它已经行动自如了。

这天傍晚，天空出奇的美，晚霞映红了大半边天空。

艾沙走到了哈瑞的身旁，陪着它坐了下来。

"嗨，哈瑞！我想和你谈谈，是关于离开这里的问题。我想带你回家，回我的家，也是你的家！我们家虽然不大，甚至并不富裕，可是我有爱我的爸爸和妈妈，我们一家人生活在一起，很幸福。我觉得世界上最快乐的事，就是和所爱的人在一起。如果你愿意成为我们家的一员，我们都很欢迎，他们会像爱我一样去爱你。"

哈瑞的目光茫然地盯着前方。

"我知道你能听懂我的话，跟我回家吧！好吗？"

艾沙看着它。

哈瑞神情漠然，它将头搁在受伤的前肢上，似在沉思。

"我知道你肯定遭遇了很多事情，说不定还被别人抛弃过……"艾沙继续说着。

仿佛说到了哈瑞的痛处，它的神情更加忧郁，甚至有些难过。

"可是不管怎么样，生活总是美好的，那位爷爷收留了你，也很爱你，你又拥有了一个爱你的人。就像现在，你失去了爷爷，可是却拥有了更多爱你的人。哈瑞，告诉你一个秘密，一个我藏在心底的秘密，其实……其实我也被人抛弃过，我不知道他们为什么会这么做……"艾沙的泪水大滴大滴地滚落下来，滴在了她的手上，"他们生下了我，应该会很珍爱我。可是他们没有，你知道吗？我现在的爸爸和妈妈在路边发现我的时候，我的衣服和你的衣服一样，也绣了名字，那是我的名字。爸爸说过，他们应该也很爱我，可能有难言之隐，我不能恨他们，因为他们让我在这个世界上，又多了两个爱我的人。我爱他们，也爱我现在的爸爸和妈妈，还有我们的家，那是爸爸妈妈，还有我，我们一家人经营的家。虽然小，但是却很温暖，你愿意跟我回家吗？哈瑞。"

她泪眼婆娑地看着哈瑞。

哈瑞缓缓地抬起了头，与艾沙四目相对。

一人，一狗。

就这么相视着。

艾沙在哈瑞的眼睛里看见了自己。

"哈瑞，我们回家，好吗？"艾沙抽泣着。

说完，艾沙站了起来，朝家的方向走去。

这一次，哈瑞没有再犹豫，它紧跟着站了起来，跟在艾沙的身后，慢慢地离开了马路，离开了十字路口。

以前，是艾沙跟在哈瑞的身后。

这一次，是哈瑞跟在了艾沙的身后。

你早就
住进了我的**心里**

艾沙妈妈做的垫子真暖和。

即使夜里温度骤降，只要趴在这柔柔的垫子上，也能感觉温暖无比。

艾沙每天都会来看它。

依然会为它带来便当，带来学校里的趣事。

它还想着那堆已经变成了废墟的家，还有让它日思夜想的爷爷。

爷爷和家没有消失，一直都在。

在它的心里。

夜深人静的时候，马路上出现了一群张扬的年轻人，他们开着发出炮鸣一般的车，在路上肆意奔驰，还伴杂着喧嚣的起哄声。

那是一群疯狂的人。

它讨厌车，讨厌那些人，可是它没有离开，只是静静地趴在那里。

一辆疾驰的车，即使亮着两盏灿如白昼的灯，依然从它的前肢上碾了过去，一阵钻心的刺疼，袭遍全身。

嗷！它忍不住叫出了声，将受伤的前肢高高地抬起。

前肢上有一块皮毛被撕扯了下来，血不断地渗了出来，几乎能看见里面鲜红的肉，它不停地舔着伤口，这种是最好的止血办法。

车又来了。

它龇着牙，面目狰狞地向那些车扑去。它恨这些不遵守交通规则的车，就是这些车，夺走了爷爷的生命。

车上的人似乎发现了受伤和愤怒的它。

随即驾车离去，消失得无影无踪。

哈瑞挣扎着回到了垫子上，即使伤口再痛，也比不上失去爷爷的痛。

它觉得自己受伤的心已经变得千疮百孔。

只有艾沙，那个善良的小女孩还在不停地修补着。

傍晚，艾沙来了，哈瑞不能像以往那样去迎接她，伤口疼得实在厉害，它只能看着她慢慢地走了过来。

它挣扎着站起身，提着受伤的前肢，艰难地迈开步子。

艾沙很吃惊，也很悲伤，它从她的眼神中看出来了。

她要带它去医院，带它去看医生。

不，我不想离开这里。哈瑞想说。

它静静地趴在垫子上，一动不动。

艾沙哭了。

"去吧，哈瑞，你真的需要看医生！"耳边传来了爷爷的声音。

哈瑞环顾四周，它不知道爷爷到底藏在什么地方？

"去吧，别让艾沙难过了。"

是的，不能让艾沙难过，它不想看见她哭泣。

哈瑞挣扎着从地上站了起来，然后朝艾沙走去。

它看见艾沙笑了，还伸出小手摸了摸它的头，"好哈瑞！"

哈瑞像被针扎了似的，吃惊地看着艾沙，她说话的语气和爷爷竟然有着惊人的相似。

这时候，小胖子男孩骑着自行车跑过来了。

它知道他是艾沙的小跟班。

他们将它抬进了自行车的前篓里，说实话，里面真的有点挤，不过它还是勉为其难地坐进去了。

艾沙开心，它就开心。

自行车一路飞驶着，它觉得自己的耳朵像两片随时会飘走的云朵，在风中飞舞，虽然前肢的伤口隐隐作痛，可是这一刻，它感觉很快乐。

它认识那个宠物医生，从他帮它开始包扎伤口的时候，它一眼就认出了他。

"嗨，跟我走吧！我想你会生活得比以前更好……正好我也缺一个伴。"他曾经这样对它说过。

原来世界是如此小。

它看见艾沙一脸紧张，其实上药的时候很疼，它甚至有点想呻吟，可是它没有，因为艾沙听见了，会更加的担心。

回来的路上，小胖男孩的车骑得很快，即使到了十字路口，哈瑞一直守候爷爷的地方，他仍然没有将车停下来。

他想把它载到哪里去呢？

哈瑞从车上跃了下来，着地时，受伤的前肢一阵刺痛，它想告诉小胖子和艾沙：它哪儿也不会去。

艾沙没有为难它，只是看了它一眼，便悄悄地离开了。

它又做梦了。

梦见了爷爷，他就像以前一样，带着它穿街走巷，到处拾荒。

它帮爷爷捡了很多很多的饮料瓶子，爷爷笑着抚摸着它的头，"好哈瑞。"

梦里还出现了环卫工人，她手里的扫帚从街头扫到街尾，从不停歇。

还有艾沙，她背着书包朝它和爷爷打招呼。

"艾沙是个好孩子！"爷爷说。

是的，艾沙是好孩子！哈瑞明白。

"哈瑞！"爷爷的身后突然长出了翅膀，像蜻蜓的薄翼。

爷爷，你又要离开我了吗？

哈瑞急得不停地朝爷爷吠叫。

"哈瑞，我的好孩子，谢谢你一直为我守候，爷爷这次真的要走了！"爷爷蹲下身子，怜爱地看着它，"但是你，并不孤单，因为你有许多爱你的人。"

不，爷爷！不要离开我！

哈瑞的喉咙像被什么堵住了似的，叫不出声。

"艾沙是个好孩子！"爷爷又重复了一遍刚才的话。

它清晰地看见爷爷展开了双翅，慢慢地飞向了天空，最后变成了一颗耀眼的流星，划过了天际，消失在黑夜之中。

哈瑞醒了，它突然感到一阵莫名的失落。

不远处，传来了环卫工人扫地的沙沙声响，天空不知不觉，已经发白了。

艾沙为它准备的便当里多了很多食物，她说吃多点，才能让伤口快速恢复。

她和小胖子男孩带着它去宠物医院换过两次药，也许艾沙并不知道，它喜欢坐自行车。

这一次，艾沙陪着它坐了很久，很久。

它知道她似乎有话想对它说，其实它也知道她会说什么。

可是它没有想到，艾沙的心里会保留着一个小秘密。

而且她将这个小秘密告诉了它。

她和自己一样，被抛弃了。只不过，它是被自己的主人抛弃了，而她，是被亲生父母抛弃了。

可是她没有失去什么，正如她所说，她又多拥有了两个人的爱，那就是她现在的父母。

他们疼爱艾沙，就像爷爷疼爱它一样。

原来失去也代表着另一种收获。

艾沙哭了，它能感觉到她也深爱着自己的养父母，就像它深爱着爷爷一样，都是不能割舍的爱。

艾沙是幸福的，她拥有养父母的爱，他们的爱甚至更伟大，因为是他们，一直在为艾沙默默地付出。

它，也是幸福的。

因为也有很多人爱它。

哈瑞能听懂艾沙的话。

当艾沙泪眼婆娑地看着它的时候。

其实，它在她的眼睛里，也看见了自己。

它想告诉艾沙："你早就住进了我的心里面。"

夕阳西下，晚霞出奇的美。

"哈瑞，我们回家吧！"她说。

我们回家！哈瑞说。

艾沙走在了前面，它跟在她的身后。

以前，是艾沙一直跟着它。

现在，是它跟着艾沙。

夕阳的余晖，拉长了它和艾沙的影子，长长地。

再见了，爷爷！

再见了，十字路口！

　　我不曾离去，也不曾失去！哈瑞默默地在心里说。

　　不远处的地方，是艾沙的家，也是哈瑞的新家，是他们共同的家。